光文社文庫

文庫書下ろし

はい、総務部クリニック課です。

私は私でいいですか?

藤山素《もと》心《み》

この作品は光文社文庫のために書下ろされました。

目次

【第一話】心のアッセンブリ

清掃用具などの美化用品を製造販売する企業、ライトク東京本社に通勤して七年。

初めて通勤カバン――正確には、通勤用の大きめリュックを買い換えてみた。

もちろんフットウェアは、美脚やファッションなど気にもせず、機能だけで選んだトレッキングシューズのまま。そして両手は空けていないと動作が必ずワンテンポ遅れた挙げ句、何かを落としてしまうことに変わりはない。これを変えてしまうと、四車線の大きな道路を越えた先に並ぶ住宅の一画に交ざる職場を目指し、駅から二十分の距離を灼熱の日も極寒の日も歩き続けることはできないだろう。

「あのう、すいません……ちょっと、すいませんが……」

改札を出た直後の人混みで、どこから声がしているのか探すと、手押し車で腰の曲がったお婆さんと目が合った。左右を見渡しても、お婆さんと目を合わせる人は他にいない。

「ん……？　どうされました？」

電車一本を逃すかどうかで、乗り継ぎ失敗と遅刻の分かれ道になってしまうこの時間帯は、お年寄りに優しくする心さえ人から奪ってしまう。

「津田沼《つだぬま》へ行くには、どうすればいいですか」

そんなお年寄りを引きつけてしまう謎のオーラでもまき散らしているのか、昔から人混みの中でも狙ったように道を聞かれることがやたらと多い。

「あー、ここからだと『JR線直通』っていう電車に乗らないと、西船橋《にしふなばし》で乗り換えになっちゃうんで――」

「ありがとうございました。お忙しいのに」

「いえいえ。お気をつけて」

通勤用リュックを変えた理由は、もちろん朝のボランティアをするためではない。

最近、社食の日替わりメニューが美味しくて楽しみすぎて、お弁当を持って来るのはやめてしまった。すると急に、今までのリュック――バックパックと呼んでもいいぐらいのものが、無駄に大きいことを実感してしまったのだ。

「これ、はやく馴染まないかな」

肩掛けでわりと大きめなのに軽い、このボディバッグ。背中掛け、前掛け、どちらもOKなど色々ある中で、選んだのは今まで知らなかった「後付け」タイプ。なんと前にも後ろにも、自分の好きな大きさのポーチを、後から好きなように付けられるのだ。

なので前側にお財布やその他が入る大きめのポーチを、ついでにその横にはペットボトルを入れられるドリンク用ポーチを付けた。さらに予備のポーチまで付けられたので、必要な物には胸元ですぐ手が届く。背中側には、歩きながら使うことはないけど絶対に必要なコスメ系など、自分メンテナンス用品を入れられるポーチを付けた。交通系ＩＣカード入れは着脱可能なベルクロだけでなく、カールコードも付いているので落としようがない。

自分的にはすごく便利で気に入っているのだけど、すれ違う人にやたら見られているような気がしないでもない。たしかにミリタリーっぽいと言われればそうかもしれないけど、ファッション性よりも機能性の方が大事なことに変わりはない。

「あ、松久《まつひさ》さん。おはようございます」

「おはようございます――」

そして変わったことは、他にもまだある。

清掃美化用品を取り扱う会社だけあって、朝は向こう三軒両隣の敷地前までを、社員が持ち回りでゴミ拾いをするのがライトクのいつもの光景。しかし今まで七年間、玄関で「名前」を呼ばれたことはなかった。

出る杭が打たれるのなら、打たれ弱い人間は出なければいい――どこで聞いたか忘れたけど「沈黙の安泰」という言葉が大好きで、空気のように存在感を消して目立たないよう生きてきたのだから、それは当たり前のこと。

なのに今では、顔しか知らない男性社員からも挨拶されるようになった。

そのきっかけになったのが、三階の隅に数ヶ月前から開設されたこの部署。

【総務部　クリニック課／薬局課】

ここに医療事務として異動してから、いろんなことが緩やかに変わりはじめたのだ。

「おはようございます」

「はよざいま――あれ、奏己《かなみ》さん。それ、もしかして」

クリニック課のドアを開けるとすぐ、薬剤師兼『薬局課』の課長である眞田《さなだ》さんが、新しい通勤ボディバッグに気づいてくれた。

前髪にゆるめのツイスト・スパイラルパーマをかけ、センターパートにしたメガネのチャラ系ホスト顔をした、次世代型コミュニケーション・センサーを持つスーパー・ムードメーカー。相変わらず元気いっぱいの末っ子弟気質が、全面に押し出されている。

ちなみに入口のプレートに「／薬局課」を付け足してくれと、もの凄《すご》く軽い感じで社長室をノックして直訴した強者《つわもの》でもある。ライトクに中途採用される前からなぜか社長と一緒に飲む機会が多かった仲とはいえ、フランクにもほどがあると思う。

「そうなんです。これ想像してたより、すっごく便利なんですよ。入れたい物がぜんぶ入れられるのに両手が空くし、まだ他にもポーチを付けられる所があって」

「いや、まぁ……便利っちゃ、便利ですけど」

眞田さんは渋い顔で言葉を濁すと、長白衣《ながはくい》を羽織ったばかりの先生――『クリニック課』の課長であり医師である、森《もり》先生をふり返った。

「なんだ、ショーマ」

「こんなガチでサバゲーする人しか買わないような、アメリカ軍用規格《ミルスペック》の弾帯装備《バンダリア》を奏己さんに勧めたの、リュウさんでしょ」

「そうだが？」

サラサラに伸ばしたアシンメトリーな前髪を左耳へかけたツーブロックも、淡白系ホスト顔もいつも通り。ぼんやりしているのやら、見つめられているのやら、ともかく視線を逸《そ》らしてくれないのもいつも通りだ。

「あのさぁ。ボディバッグならもっと可愛いヤツ、いっぱいあったでしょうが」

「ショーマ。海外でボディバッグといえば死体袋を意味する。スリングバッグ、あるいはワンショルダーバッグと言った方がいいぞ」

「いやいや、ぜんぜん大丈夫。ここ、日本だから」

「……ふっ」

「何がおかしいの」

いつも表情に乏しい先生が口元に笑みを浮かべ、流れるような動きでマグカップにコーヒーを注いだかと思うと、つかつかっと歩いてきて手渡してくれた。

どうやら、朝のコーヒーを淹《い》れていただいたようだ。できればボディバッグを降ろしてからの方が良かったのだけど、ぬるめで牛乳多めが好きという好みまで覚えられていたことには、ちょっと驚いてしまう。

「あ、ありがとう……ございます」

「どういたしまして」

そしてまた、ふふっと笑って眞田さんを見た。

「だから、なによ。別にオレ、間違ってないと思うけど」

「これはマツさんの要望をすべて聞いたうえで、一緒に考え抜いた挙げ句の結論だ」

「まさか。そもそも奏己さんに、こんなガチミリ装備は必要ないでしょ」

「いいか、ショーマ。マツさんは歩く時、両手を空けていないと咄嗟《とっさ》の出来事に対処できず、転倒の危険があるんだぞ？」

「知ってるよ。だったら郵便カバンみたいなショルダーバッグでも、両手は空くじゃん」

眞田さんも、そんなにムキにならなくてもいいような気がする。

でもこのふたりは時々、些細《ささい》なことで張り合うことがある。

「それではダメだ。コンビニなどのレジでお金を払う際に後ろで人が待っていると、慌ててお釣りやレシートを収めようとして小銭を落としたり、電子決済の画面が間違っていたり、時にはサイフや買った物を落としてしまったり、より一層の混乱を招いてしまうことが珍しくないんだぞ？」

あらためて事実を羅列されると、人として何か基本的なものが欠けている気がしてならない。でもこれは、先生が誇張しているわけではない。後ろに人が並ぶと、何をするにも慌ててしまうのだ。

「あー、まぁ……なんかそれも、前に聞いたことがある気はするけど」

「これまでも、ペットボトルを取り出そうとして通勤リュックをごそごそ探している間に、正面から来たスマホのながら歩きをしている人と衝突したとか――」

たしかに、それも事実。

「――駅の改札を通過する時は、かなり手前から交通系ＩＣカードを手に準備して臨むものの、タッチした直後にカードを落として結局は改札を詰まらせてしまうとか」

それも事実だけど、本当に人として恥ずかしくなってきた。

「だからって……なんでその解決方法が、このタクティカルなミリタリー装備なワケよ」

「サイフはここ、ペットボトルはここ、カードはここ、折り畳み日傘はここ、ハンカチはここ、とポーチやコンパートメントごとに入れる物が決まっていればいいだけの話だ」

そう。必要な物が入っている場所はここだと決めてもらったので、使う直前になって慌てて探す必要がなくなったのは大きな安心のひとつになった。

「もし、レジの後ろに人がたくさん並んで焦ってもだ。胸元に付けた一番大きいポーチにお釣りもレシートもサイフも取りあえず全部放り込んでその場を離れ、店を出たあとでゆっくり整頓し直すことも可能になる」

「……まぁ確かに、何でも放り込める《ダンプ》ポーチは便利だけどさぁ」

「そうだろう？」

「うわぁ……久々に見たよ、そういう勝ち誇ったリュウさんの顔」

　言われてみれば微妙に目元がそう見えなくもないけど、相変わらず先生の表情は分かりにくい。やはり、これにすぐ気づく眞田さんがすごいのだろう。

「それで、マツさん。これは俺からのプレゼントなのだが――」

「え、プレゼン――とッ!?」

　マグカップもまだテーブルに置けず、タクティカルすぎると言われた便利なボディバッグを降ろす前に、気づけば先生の顔が真正面にあった。

「――マツさんのスマホは、5.4インチのディスプレイで間違いなかっただろうか」

　近い、顔が近すぎる。相変わらず先生の距離感は、どう考えても間違っている。

　しかも決まって、ふんわりといい匂いがするから困ってしまう。

「あ……いや、サイズはよく分からないですけど」

「スマホはスマホで別ポーチにした方が扱いやすいと思ったので、これはどうだろうか」

　そう言って先生が取り出したのは、スマホがちょうど入るぐらいのミニポーチ。ボディバッグのどこに取り付ければすぐに手が届くか、あちこち吟味してくれている。

「ぐ……」

「ここだとメインポーチを開ける際にも干渉しないと思うが、どうだろう」

　これではまるで、幼稚園に出かける前の園児が名札を付けられている状態。そういうのは色々と危険なので、ボディバッグを降ろしてからにして欲しかった。

「い……いい、と思います」

「では取り付けてしまうので、少し動かないように」

　動けば手に持ったマグカップのコーヒーがこぼれてしまうので、動きたくても動けない。これは朝のコーヒーではなく、羞恥プレイ用の拘束具だったのではないだろうか。

「ん？　マツさん的には、もっと別の位置の方が？」

「いえ、はい……うん、大丈夫です」

「だから、リュウさん。近いんだってば」

「そうだろうか。これより離れた位置では、すぐに取り出せないぞ？」

「いやいや。付ける位置のことじゃなくて」

「うん。俺はここがベストだと思う。マツさん、ちょっと出し入れしてみて」

「あ、はい……うん、すごくいいですね……はい」

眞田さんは「もう何を言っても聞こえてないね」と、ヤレヤレな顔をしていた。

けど確かにこの位置にあると、気づいて二秒以内にスマホは取り出せると思う。先生的にいろいろ考えてくれたものだし、もらってとても嬉しいのは間違いない。

ただもう少し離れて見ていただければ、さらにありがたかったのも間違いなかった。

「で、マツさん。大事なハンカチは、どこへ収納することに？」

「えっ⁉」

これからさらに、ハンカチ用ポーチの取り付け位置修正が始まろうとした時。

始業前のクリニック課のドアが開いて、ようやく羞恥プレイは終わりとなった。

「あの、すいません……朝イチで予約している、総務課の清水《しみず》ですけど」

「あっ、あっ！　清水さん、おはようございます！　お久しぶりです！」

「おはよう、松久さん。まだ早かった？」

「全然！　大丈夫ですよ、はい！」

その目が「なんかマズいところ見ちゃった？」と言っているように思えて、急にトイレに行きたくなってしまった。

やはり心因性頻尿《しんいんせいひんにょう》は心身症状──繊細な性格をしている体の出すSOSサインだけあって、そう簡単に治るものではない。もちろん治すものではなく慣れていくもの、付き合っていくものだということも、今では十分理解しているつもりだった。

それでも、いきなりゼロにできるものではないのだ。

「はようございまーす」

「おはようございます！　ご予約の方ですか⁉」

「や、予約は一杯だったんで……待ってもいいですか？」

最近、始業前から受診に来る社員さんがずいぶん増えてきた。

もちろんクリニック課の信用、知名度、利便性が定着したというのもあるけど、根本的な理由は別にある。新型ウイルス感染症が流行して以来「咳や体調不良を認めた場合は【感染エチケット】として病院を受診するべき」という、いかにも日本的な風潮が影響しているのだろうと先生から教えてもらった。

福利厚生として「社内クリニック」を設置したのは一見すると突飛なようで、ライトクには先見の明があったのだ。

「ほら、リュウさん。今日は診察待ちを出さないって、意気込んでたでしょうが」

「そうだったな」

眞田さんに急《せ》かされた先生は、今までのキラキラした目はどこに消えたのかというほど「ドクター顔」になり、長白衣をなびかせて診察ブースに消えて行った。

このあたりの切り替えが早いのも、さすがと言うべきか。

コーヒーの入ったマグカップを置き、ボディバッグを降ろしながらパンプスに履き替えようとしたところで内線が鳴った。

「はい、総務部クリニック課です――」

慌てて受話器を取って、腰をひねったかもしれない。

これはマズい。またあのギックリ腰だけは、勘弁して欲しい。

――あとで先生に、痛み止めを早めにもらっておこう。

こんな感じで気軽に受診できるのが、クリニック課のいいところなのだ。

▽▽▽

クリニック課での役割は受付対応、そして医療事務的な処理。

先生と受診した社員さんが診察ブースでどんな話をして、どんな診断で、どんな治療方針になったか、リアルタイムで耳にすることは当然ない。

ただ医療事務処理をする都合上、どうしても電子カルテには目を通さざるを得ない。

「えーっと、処方は……」

保険診療とは不思議なもので、多くは「処方した薬剤」で病名が決まってしまう。医療事務の講習を受けて一番驚いたのが、この「レセプト《診療報酬》病名」というやつ。受付器械《レセコン》に入力する病名――つまり保険請求する時に付けられる病名は、必ずしも患者さんの状態と一致していない。なんとこの世界では「処方された薬」に「付けていい病名」と「付けられない病名」があるのだ。

たとえばお腹が痛い患者さんに対して先生が必要だと考えて「ファモチジン」を処方したら、病院の診療記録には「胃潰瘍《いかいよう》」と付いていても全然おかしくない。

むしろその病名が付いていないと、保険診療請求できない。

それは「ファモチジン」というお薬が「胃潰瘍」という病気に対して国から認可をもらっているからとはいえ、胃潰瘍でお腹が痛いわけでもないのに胃潰瘍とは不思議だ。

ちなみに鎮痛解熱剤として有名な「アセトアミノフェン」の病名は「急性気管支炎」なのに、同じ鎮痛解熱の用途でも「イブプロフェン」なら「急性上気道炎」となる。

「モンテルカストの病名は……っと」

この患者さんに処方された、モンテルカストの場合。一般的にレセプト《診療報酬》病名として付けられるのは「気管支喘息」か「アレルギー性鼻炎」だけど、もちろんこの薬が効くのは「気管支喘息」や「アレルギー性鼻炎」だけではない。

「……どんな話だったんだろう」

ここで、先生がカルテに記載した内容に目を通すことになるのだ。

先生はカルテに書き込む内容が、ボイスレコーダーの文字起こしなのかと疑うほど濃厚なので、診察室でどんなやり取りがあったのか全部わかってしまう。あのモニターと連携したスマートグラスを気に入ってしまい、患者さんの顔を見ながら話しつつキーボードを叩き続けているから仕方ない——としても、一回の診察内容と患者さんの経過が漏れなく丸ごと記録されているのには驚いてしまう。

「うーん……やっぱり、喘息やアレルギー性鼻炎を疑ってる記載はないと思う……かな」

ところが実際にクリニックの受付業務に数ヶ月ほど就いてわかったことは、逆にカルテの記載を見なくても——悪く言えば「医師がカルテに何も記載していなくても」レセプト請求業務をやれないことはない、ということだった。

処方された薬から自動的にリストアップされる病名のどれかをクリックすると、今度はその病名に「加算できる保険点数」がこれだけありますよと、モニターが教えてくれる。それは年齢、他の基礎疾患、前回受診日、病院の種類と規模、取り組んでいる感染症対策などなど、とても初心者が覚えられる数と内容ではないので、非常にありがたい。

ただこれをまったく考えなしにクリックし続けて処理を進めると、患者さんにとって「謎の加算だらけ」でお会計ということになってしまうのだ。

たとえば処方された「モンテルカスト」から提案された「気管支喘息」のレセプト病名を付けると、今度は気管支喘息に対して受付器械《レセコン》は「特定疾患療養管理料」という加算を取りますか、と呈示してくる。これを無感情にクリックすると、二千二百五十円を月に二回まで算定できる。そんな「処方」「病名」「加算」の自動紐付けがある薬剤が、これまたとても覚え切れられないほど数多くあるのだ。

「先生、特定疾患療養管理料《とくしつ》は取らなくていいって言ってたから……いいえ、と」

これこそ福利厚生の立場で診療できる、クリニック課の利点だろう。

逆に支払時の診療明細書で患者さんから指摘や疑問がなければ、保険診療で国から認められているものは、どれだけ加算してもいいということになる。診療明細書は「お店のレシート」と同じ。そんな当たり前のことを、これまでほとんど意識したことはなかった。

「よし。これなら患者さんも納得するでしょ」

ちなみにこの「病院のレシート」である、診療明細書。平成二十年度から「患者からの申し出があった場合のみ『有料』発行」が義務になり、平成二十二年度からは「無料発行」が義務化されたものの、それでもまだ「正当な理由」があれば発行のお断りが可能で、無料発行が完全に義務化されたのは――なんと、平成三十年四月からだった。

医療の世界は特殊なことが多すぎて、知れば知るほど怖くなってくる。

「お大事になさってください」

そうして午前診療の最後の患者さんがクリニック課から出て行ったのは、午後二時すぎ。いわゆる遅番の人たちのお昼休みを考慮して、午前診療の最終受付時間は午後一時二十分に設定している。

とはいえ、その時間になったらバッサリ患者さんを切り捨てて入口を閉められるわけではない。薬局課の眞田さんなんて、これからまだ最後の調剤が待っているのだ。

「マツさん、お疲れさま」

「あ、お疲れさまでした」

診察ブースから出てきた先生は、相変わらず涼しげな顔をしている。

午前九時開始の診療を前倒しに始めて、連続五時間以上。問診、診察、必要なら採血などの検査、検体管理と伝票書き、病状説明、カルテ記載、処方など、クリニック課には看護師さんがいないので、先生が全部ひとりでやっている。表情が乏《とぼ》しいのは初めて顔を合わせた日から知っていたけど、実は疲れた顔もほとんど見たことがなかった。

「今日の『待ち具合』は、どうだっただろうか」

「予約患者さんの、ですか？」

「そう。電子カルテにも待ち時間は表示されるが、受付での様子はまた別だから」

「特に……怒っておられる方は、いなかったですけど」

「そうか――」

あれほどヒマだったクリニック課も、いいのか悪いのか診察までの「待ち時間」がわりと目立つようになってきた。

ただ先生が気にしているのは、患者さんが増えて困ったという単純なことではない。その証拠に今日も予約外の受診は二名だけで、ほぼ予約だけの受診者数に収まっている。

「――しかしマツさん、ここを見て欲しい」

「いっ⁉」

ぐいっと距離を詰めて、肩が触れあうのも気にせず受付のモニターをのぞき込む先生。

「今の予約枠では、限界かもしれない……」

午前中の受診患者一覧の画面を眺めながら、無表情に指さした場所。ずらりと並んだ緑の会計済マークの隣には、受診までの待ち時間が赤くなった患者さんが何人か目立つ。先生が指さしていたのは、この待ち時間が長い人のひとつ前の患者さんだった。

「でも田端《たばた》さんは、受診までの待ち時間は五分ですけど……」

「そう。だがその次の高野《たかの》さんの待ち時間は、二十分を超えている。つまり待たせた人の前の人には、平均以上の診療時間がかかっていることを意味している」

「……はぁ」

先生は自分で、平均的な外来診療時間はどれぐらいか計測したことがあるのだという。それを目安に、短すぎず長すぎず、ちょうどいい予約枠を組んだとはいえ。検査も何もかもひとりでやっているのだから、機械でもない限りきっちり進めることは無理だと思う。

「ほら、ここも」

「うっ……」

また先生が肩を寄せてきた。

「ここもだ」

「く……」

近い。夢中になっているのは分かるけど、今度は顔が近すぎる。ちょっと体を反らせないといろいろ危険な距離になってきたのに、腰が心配でそれもできない。

「この方たち――診察時間が想定以上に長くなってしまった方たちの共通点は、一般診療以外の診察だったということだ」

先生が体を離してくれたので、ようやく普通に息もできるし話もできる。あの距離では正直、ハミガキをした上でエチケット用タブレットでも噛んでいないと心配でならない。

「……以外って、どういうことですか？」

「会社の課として能動的に機能するよう、病院に行くまでもない症状や体の悩み、不安、そういったものにも対応できることこそ、クリニック課の存在意義なのだが――」

ため息をつきながら受付のイスに腰を下ろし、サラサラヘアーをかき上げた先生。人事部の人から頼まれたけど断った隠し撮りをするなら、こういう姿がいいのだろうか。

「――実際に受診される方が増えてくると、想像以上に心身症状やメンタルヘルスに対するアプローチが必要な場合が多いことに気づいた」

「あ……」

心身症状――心理的な負荷が交感神経の緊張によって身体の症状として現れるものは、

意外と身近に多く存在していた。営業企画部の生田《いくた》さんは過敏性腸症候群《かびんせいちょうしょうこうぐん》、眞田さんはストレス性じんま疹、先生ですら不整脈が出るというし、二十年以上も悩まされてきたこの頻尿も心因性頻尿だった。

　それを説明するために必要な時間と、理解するために必要な時間が、普通の診療時間で足りるはずがない。できることなら生田さんの時のように、みんな別室でディスカッション形式にしてあげたいぐらい。だけど今はもう、それができる受診者数ではない。

「そこで予約枠を『一般診療』と『特別診療』に分け、心身症状などには予約枠ひとコマあたりの時間を長く取れるように変えようと思うのだが、マツさんはどうだろうか」

「私の意見……ですか？」

「もちろん。うちの医療スタッフ《コメディカル》なので」

　いまだにその言葉を聞くと、トイレに駆け込みたくなるのは許して欲しい。つい数ヶ月前までは人の陰に隠れ、息を潜《ひそ》めて生きてきたのだから。

　それでもタオル地のハンカチを握りしめ、不安と共に妙な高揚感もある。これが自分の居場所と役割がある証――帰属感なのだと、最近では恥ずかしくも嬉しくなってしまう。

「私は、受付業務だけですから」

「いや。受付や医療事務的な対応も、それ相応に変わるので」

　そうは言っても、明らかに大変なのは先生の方だ。内科であり、皮膚科であり、アレルギー科であり、時には簡単な耳鼻科や外科の処置もできる範囲でやってしまう。生活習慣病、喘息、慢性の便秘からドライアイ、この前は巻き爪の治療もしていた。

それに加えて、心療内科的な受診枠を設置できるだろうか。

「……でも結局、大変になるのは先生だと思うんですよ」

前に先生を褒めるつもりで「孤島のひとり医師みたいですね」と言ったら急にアルカイック・スマイルになってしまい、あとで眞田さんから「そのことには触れないであげて」と悲しい目を向けられたことが忘れられない。あのことがあってから、先生は必要とあらば本当に何でもひとりでやってしまう人なのだと確信したのだった。

孤島で島民の顔と名前をあっという間に覚えてしまい、大概の症状には対応してしまう先生。どうしても手に負えない場合、ドクターヘリを要請したのだろうか。嫌でも日焼けしてしまう肌と、照りつける太陽に白衣が眩しい。そんな先生にも、孤島の休日はあったのだろうか。まさかの、堤防でサバを釣る先生の姿も悪くない。釣った魚は先生が――。

「マツさん、どうした」

「――はいっ!?」

久しぶりに、勝手な想像を爆発させてしまった。

真面目な話をしているのに、これはあまりにも失礼。気を抜くと難しい思考からすぐ逃げてしまうクセは、なんとかしないとダメだ。

「ん？　また腰痛なのでは？」

「はい……？」

呆れられるどころか、今は関係ないはずの腰痛を心配されてしまった。

でも、なぜ急に腰痛の話へ飛んだのか分からない。

「間違いないな。立位での姿勢と荷重のかけ方に、違和感がある」

そう。朝の内線を取った時から、またあの「ぎっくり腰」という名の失神もあり得る激痛——魔女の爆撃が不意打ちしてくるのではないかと怯えていた。

ちなみに先生が、モニター前で異常接近した時。どうしても耐えきれずに体を反らせてしまい、少し腰に違和感が出ているのも事実だった。どのみち時間の空いている時に、予備の鎮痛剤をもらって帰ろうと思っていたのだ。今さら隠しても仕方ないし、先生には隠し通せるものでもないだろう。

「や、今は特にアレなんですけど……ちょっと捻《ひね》ったのか、心配ではあるんですけど」

「鎮痛剤の手持ちは？」

先生の表情は相変わらず乏しくて分かりづらいけど、この「ドクター顔」になった時だけは分かるようになってきた。

「えーっと……たしか、まだ」

ぜんぶ聞き終わる前に、先生は受付器械に「松久奏己」を受診させてしまった。

「いつも出している、ジクロフェナクナトリウムでいいだろうか」

「や、あの……できればでいいんですけど」

「……ん？　ジクロフェナクナトリウムが効かない？」

「や、そうじゃないんですけど」

あれはあれで効くのだけど、まだ少し手持ちは残っている。だから今日は「いざという時」のために、すごく効いた「もうひとつ」の方を出してもらおうと思っていたのだ。

「腰回りや下半身の、皮膚の痺《しび》れや違和感は？」

「ないです」

「歩きづらさは？」

「ないです、ないです。全然ないです」

「念のため、ＭＲＩを撮ってみるか」

「いえいえ。前に、撮ってもらいましたから」

「しかし、ジクロフェナクナトリウムではないとなると――」

「あの、ホントに大丈夫です。いざという時のために、持っておきたかっただけなので」

本当にそれで読めているのか不思議なぐらいのスピードで処方記録をスクロールしながら、先生は首をかしげた。

「――どれ？」

「え……？」

「ジクロフェナクナトリウム以外だと、腰痛には湿布しか処方していないのだが」

「あ、あれです。最初にギックリ腰をやって、うちでリハビリしていただいた日にもらったヤツで……」

リハビリ後に飲んだらスパッと痛みが消えたので、よほど強い薬だったのだろう。あれ以来、先生が出してくれたことはない。

そんな時に活躍するのが、おくすり手帳だ。

「……あっ、これです。この『フェキソフェナジン塩酸塩』ってヤツです」

「エ……？」

おくすり手帳を手渡すと、先生を動かしていた駆動音が止まったような気がした。いつも表情の乏しい先生だけど、これは明らかに表情が消えたと言っていいだろう。

「あ……強いお薬なら、無理には」

呼びかけにも、まったく反応はない。理由は分からないけど、開いたおくすり手帳をテーブルの上に置いて凝視したまま、先生はフリーズしてしまった。

その時、入口のドアが元気よく開いて眞田さんが戻ってきた。

「うぃーっす、お疲れした——って、何やってんスか。この空気」

「あ、眞田さん。なんか、先生が急に」

「へー。珍しいっスね、リュウさんのフリーズ」

ずいぶん軽い感じで言われたものの、その引き金を引いたのが自分なので、何か地雷を踏んでしまったのではないかと気が気ではない。

「なんか、私……失礼なこと、言ったかもしれなくて……」

「奏己さんが？　まさか」

「でも、お薬の話をしてからですし」

「なんですか、その『薬の話』って」

「実は、うちで腰痛のリハビリをしていただいた日に――」

眞田さんに経緯を話している間も、先生の駆動音は止まったままだった。

「で、奏己さん。これが、そんなに腰痛に効いたんですか？」

「はい。飲んだらスパッと、すぐ痛みが消えて」

「へぇ、これが」

「今朝から、ちょっとギックリ腰が不安だったので……持っておきたいな、ぐらいに思ってただけですし……こんなに悩まれるような強いお薬なら……無理にはいいんです」

眞田さんから、親が子どもを微笑ましく見守るような視線を向けられたのはなぜだ。

「奏己さんの腰痛にスパッと効いたっていう、この『フェキソフェナジン塩酸塩』って薬剤。抗アレルギー剤なんですよ」

「はぁ……それは、いただいたお薬説明の紙にも書いてありましたけど」

「いや、つまりですね。これ、花粉症やアレルギー性鼻炎で飲む薬なんです」

「でも、腰痛にも効くんですよね？」

眞田さんの優しく見守るような表情が、少しずつ真顔に戻っていった。

「……ホントに腰痛に効いた薬、これでした？」

「はい」

「……飲んだ薬を、別の物と勘違いしてるんじゃないです？」

確かにあの時飲んで効いたのは、この『フェキソフェナジン塩酸塩』。あまりにもよく効いたので、小さな薄ピンク色の錠剤だったこともはっきりと覚えている。

「いえ。これで間違いないと思います」

なぜ眞田さんが宇宙人を見るような目になったのか、理由はサッパリ分からなかった。

▽　▽　▽

あの日以来。先生の様子が、すっかりおかしくなってしまった。

それが顕著に現れるようになったのは、外来診療。たしかに最初は一般診療と特別診療を別枠で設けたため、診察時間が違うこともあって患者さんの流れがスムーズにいかないことは多々あった。

でも先生に起こった変化は、それだけでは終わらなかった。致命的なものではないとはいえ、今まであり得なかったミスを連発するようになったのだ。

「あれ……検査項目、これだけ？」

トイレが近くて困るとか、膀胱《ぼうこう》炎ではないかとか――そういう患者さんの場合、腎臓にダメージがないかを厳密に調べるため、ほぼ必ずというほど先生は「尿蛋白定量」も一緒に検査していた。それなのに今日は、チェックが付いているのは「尿沈渣《にょうちんさ》」だけ。確かこれは、尿を遠心分離機にかけて沈んだ物を顕微鏡で調べる検査。もちろんこれだけでも尿の中に血液が漏れていないかとか、細菌がいないかとかも分かるらしいけど、なんとなくいつもの先生らしくない。

こういう時は念のために確認するのも、医療事務の仕事だと最近は思うようになった。

「先生、松久です。検査項目の確認、今よろしいですか」

片耳にかけた小さなイヤホンを指で押し当て、襟元に付けた小型のマイクに小声で話しかける。こういう時、うちで導入しているインカムはとても便利だ。これは本来、社内救急要請で運用しているもの。ただ便利なので、診療中も受付と診察室の先生との間で使わせてもらうことになったのだ。

『ど、どうぞ』

すでに声が動揺しているあたり、とても先生らしくない。

「芳賀紅羽《はがくれは》さんの検査項目なんですけど、尿蛋白定量は——」

『大変申し訳ない。これで』

全部言い終わる前に、尿蛋白定量の項目にチェックがついた。

やはり、確認して正解だったらしい。なんだか少しだけ先生の秘書的な仕事をしている気分になってしまい、自分が「できる人間」になったという錯覚に陥りそうで怖い。

「あの、すいません」

残念ながらそんな勘違いをしているヒマもなく、その芳賀さんから声をかけられた。

「あっ、はい……なにか？」

「先生から次回、週明け月曜に受診するように言われたんですけど……その、お薬が」

さっき渡したばかりの処方箋を確認させてもらうと、薬はすべて三日分しか処方されていない。これでは週末に、薬はなくなってしまう。

「少々お待ちくださいね。今、先生に確認してみますので」

診察中の患者さんには何度も申し訳ないけど、どうしても応答できない時にはマイクスイッチを入れる音だけ二回繰り返す合図になっているので大丈夫、だと信じたい。

「先生、松久です。処方確認、今よろしいですか」

『……はい、どうぞ』

顔には表情が出にくい先生だけど、声にはわりと素直に感情が出るのかもしれない。

「芳賀さんの処方日数なんですけど――」

『本当に、何度も申し訳ない……今、出し直すので』

すぐに足元のプリンターが音を立て、処方箋が五日分で出し直されてきた。

それを取って先生のハンコを押した瞬間、あり得ない感情が脳裏を駆け抜ける。

――なんか、先生のお世話したいかも。

そう考えると思わず、ぶるぶるっと身震いで首を振ってしまった。

不審なことをしてしまい、目の前でそれを見せられた芳賀さんには申し訳なく思う。

「あ……やっぱりお薬は、三日分でよかったんですよね……」

「いえいえ、違うんです！　すいません、そうじゃないんです！」

お前は何を考えているんだと、冷静なもうひとりの自分が脳内で呆れかえっていた。

今まで人の陰に隠れ、出ない杭は打たれないをモットーに敵も味方も作らず生きてきた、存在自体が「弱《じゃく》」の人間が先生のお世話をしたいだなんて。

ただ、これまで何でも完璧に無表情のままひとりでやってきた先生が、急に儚《はかな》く脆《もろ》く思えてしまい――なんというか、庇護欲《ひごよく》をかき立てられてしまったのは間違いない。

とりあえず雑念をかき消し、出し直した処方箋を渡そうとした時。今度はインカムに、眞田さんの声が入って来た。

『リュウさーん。疑義照会《ぎぎしょうかい》、いい？』

疑義照会とは、薬剤師さんが処方箋の内容について、発行した医師に問い合わせること。

処方ミスのダブルチェックで問題があった場合か、患者さんからの様々な変更願い――たとえば錠剤ではなく粉剤が良かった――などが出た場合が、その大半を占める。

しかし、この疑義照会。今日は午前だけで、すでに三回目だ。

『く……どうぞ』

この声、わずかに先生の頰がピクついたのではないだろうか。

『いま出力した芳賀さんの処方箋、こっちのモニターでも見たんだけどさぁ』

『エ……？　まだ何か？』

ぜったい今、少しだけ先生の目が大きく見開かれたと思う。

意外に先生、声だけは表情豊かなのかもしれない。

『抗生剤の一日処方量が「3錠」なのに、どうやって朝と夕の「一日二回」に分けるのよ。一回1.5錠の指示なら割錠《かつじょう》するけど、どうする？』

『一日三回――分3《ぶんさん》の間違いで』

『……だと思ったけど。大丈夫？　少し休めば？』

『大丈夫だ、問題ない』

眞田さんはとっくに気づいているようだけど、あまり大丈夫ではない気がする。

そんなやり取りをインカムで聞いていると、ソファで待っていた総務課の高野さんが腰を上げて受付までやってきた。スマホをいじり飽きたので、またどこかで仕入れてきたおもしろ話でもしてくれるのかもしれない。

「松久さん。あたし、午後に出直してくるわ」

ぜんぜん違った。その証拠に受付カウンターに片肘を乗せるトークモードに入る様子がないどころか、ポーチを持って帰る気まんまんだ。

「えっ？　次、呼ばれますよ？」

「いいの、いいの。あたしの次の人、繰り上げてあげて」

そう言って高野さんは親指を立て、後ろで待っている男性をふり返らず指さした。

「でも……」

確かに今日の受診者一覧を見てみると、待ち時間が二十分を超えて赤くなった人ばかり。いくら社内の福利厚生クリニックとはいえ、仕事中の人をどれだけ拘束しても許されるわけではないし、望まれているものも違うだろう。今では受診する社員にとって「ちょっと受診してきます」が決め台詞なわけで、部署側としても社内移動のついでや、給湯室でお茶を淹れてくるレベルの感覚になっているのは間違いない。

そんな状況での待ち時間二十分は、町の開業クリニックの二十分とは意味が違う。それに町のクリニックでも予約時間から二十分をすぎると、不穏な空気が流れ出す頃だ。

「あたしは前回もらったカゼ薬の続きを、予備でもらっとこうと思っただけだしさ」

「なら診察も、すぐに終わるじゃないですか」

「いいから、いいから。それより、松久さん――」

逆に今から、高野さんのトークモードが始まるらしい。受付カウンターに片肘を乗せて体重をかけ、ぐっと身を乗り出してきた。

「――森先生、大丈夫？　社内でもやたら気軽に受診する風潮が広がってるし、ああ見えてキャパオーバーしてんじゃないの？　最近じゃあ総務課《うち》なんて、咳払いを二、三度しただけで『受診してきたら？』って、吉川《よしかわ》課長が直々に言うからね。いつの間にか肝機能が悪くなってて『自分だけは健康だ神話』が崩れたからってさ」

吉川課長の肝機能について、なぜ高野さんは知っているのだろうか。

それはまた今度聞くとしても、そういう風潮で気軽に受診する人が増えたのは確かだ。

「まぁ先生、忙しいのは忙しいんですけど……」

これ以上は話すべきではないと思いつつ、高野さんは受診を取りやめたのなら早く総務課に戻らなくてもいいのか心配になっていると、入口のドアが静かに開いた。

「おはよう、松久さん。琉吾《りゅうご》先生、いる？」

「あ――」

「な――ッ！」

「しゃ――ッ⁉」

高野さんと後ろの男性社員まで、みんな言葉を喉に詰まらせてフリーズしてしまった。

気さくな感じで入って来たのは、少し小柄な白髪交じりのスーツ男性。縁のないメガネが妙に似合う丸い目をした童顔のせいで、見た目の年齢は不詳。とはいえ、この顔を知らない社員はいないはず。時代を見据えた忖度《そんたく》のない社内改革と斬新なプロジェクトで経営の傾いていたライトクを立て直し、やたらフランクに社内をウロつくこの方こそ、ライトクの代表取締役社長である三ツ葉正和《みつばまさかず》氏。森先生の数少ない友だちであり、医学部の同級生でもある。

「ど、どうされたんですか……三ツ葉社長」

「だよね。フツーに外来やってるような気がしたんだよね」

この場にいるみんなが感じた疑問には答えず、社長はあたりをぐるっと見渡した。

すでに膀胱には、強烈なトイレ刺激信号が伝わっている。

「ですね、はい……いつも通り、フツーにやってましたけど……なにか」

「十一時から会議だったんだよ」

「……はい？」

社長は壁際に設置された「ショーマ・ベストセレクション」の棚を眺めながら、新しく取り扱い始めた『湿度、温度、快適度表示付きのデジタル時計』を手に取っていた。

もちろんそれを見るまでもなく、すでに十一時は過ぎている。

「へー、SEIKO製だ。もしかして昇磨《しょうま》くん、次は『快眠系』を狙ってるのかな」

「あの、社長……？　会議って」

「あ、そうそう。琉吾先生が、クリニック課の診療でレントゲンも撮りたいって言うからさ。建物の構造上、今さら屋内設置はちょっと無理だし、だったら『健診用の特殊車両』を導入すれば会社の健康診断にも使えると思って、今日は経営企画室と会議を」

「経営企画室――ッ！　今日、十一時からですか!?」

総務部や経理部などの所属する管理本部、開発系を束ねる開発本部、生産本部、ＩＴ本部など、ライトクを構成する大きなブロックすべてに対して、会社全体の経営状況や戦略を考えながら立案して実行を指示する、社長の右腕部隊――それが経営企画室。

そんな部署との会議をすっかり忘れ、先生はフツーに予約枠を開けて診療していたのだ。

「す、すぐ呼んで来ます！」

「いいよ、いいよ。たぶん忘れてるんじゃないかと思って、ちょっと見に来ただけだし」

ぜんぜん良くない。

本当は先にトイレへ逃げ込みたいけど、それもぜんぜん良くない。かといって今から受診予定の方をすべてキャンセルにするのも、ちょっとあり得ないほど良くないと思う。

ならば、どうするべきか――トイレに行きたくなるばかりで、その答えは出てこない。

「じ、じゃあ……あの、そうですね……」

「や、別に急ぐものじゃないからいいよ。元々、リモートで済む話だったワケだし」

この状況で社長に笑顔を浮かべられると、本当にどうしていいか分からない。

いつの間にか高野さんはいなくなっているし、診察を待っているソファの男性も、背を正して下を向いたまま顔を上げる様子はない。

そんな時、クリニック課の救世主がドアから飛び込んで来た。

「ちゃーっス、三ツ葉さん。わざわざ、すいませんねー」

今ほど、眞田さんが眩しく輝いて見えたことはない。たぶんクリニック課の防犯カメラを見ていてくれたのだろうけど、ある意味クリニック課は「眞田さんネットワーク」で様々な機能が維持されていると言っても過言ではない。

「あれ。昇磨くん、調剤は？」

「ははっ。外来、止まっちゃってるんで」

「あ、ごめん」

「違います、違います。三ツ葉さんが来る前からなんで――」

流れるような動きで「ショーマ・ベストセレクション」の棚から「森永ｉｎゼリー」を取った眞田さん。銀色パッケ先端の白いフタを嚙んで軽く回し開けると、十秒もかからないうちに圧搾して、ひと息に飲み込んでしまった。

「――飲みます？」

「あ、サンキュー」

それをもうひとつ、気軽にポーンと投げて社長に渡せる心臓が羨《うらや》ましい。

「実はリュウさん、この前から『負の罠《わな》』に陥ってるんですよ」

チラッとこちらを見て、苦笑いを浮かべた眞田さん。

先生の様子がおかしくなったのは間違いなくあの日からで、その引き金になったのがあ、い、の処方なのも間違いない。それなのに眞田さんは「たぶん奏己さんの勘違いですから」と、詳しく教えてくれないのだ。

「えーっ。それは珍しい」

「ま、きっかけは些細なことなんですけどね。リュウさん本人がめちゃくちゃ気にしちゃって、いまだに引きずってるんですよ」

「なにがあったの？」

「なにっていうより……クリニック課の課長に就いてから、ずっと肩に力が入りっぱなしでしたからね。たぶんそっちのツケが回って来た方が、デカいんじゃないかと」

アルカイック・スマイルを浮かべながら、なんでもひとりでこなしていた先生。うちに来る前の姿を知らないものだから、あれが普通なのだとばかり思っていた。

でも、先生だって人間。

どのあたりが「肩に力が入りっぱなし」の状態だったのかは、思い返してみてもサッパリ分からない。でも、かなり無理をしていたのだけは間違いないようだ。

「ふーん。琉吾先生が『負の罠』にねぇ」

そう言って社長も「森永ｉｎゼリー」のパッケを口にくわえると、十秒もかからないうちに飲み込んでしまった。

サッパリ分からないのは、ふたりの言う「負の罠」も同じだ。負だし罠だし、たぶん悪いことだろうという想像はつく。でもそれが実在する物なのか喩《たと》えなのか、概念なのか理論なのか。なにひとつイメージできないので、嫌な感じの単語としか言いようがない。

「ワーキングメモリも減ってますし、今日あたりアレをやろうかなと思ってたんです」

そして眞田さんはまた、こちらをチラッと見た。

あの日のあの処方が引き金なので、無関係ではいられないのは覚悟している。ただ、どう関係しているかぐらいは教えてくれてもいいと思う。

トイレに逃げ込みたくなったけど、ちょっと今はこの場を離れられる雰囲気ではない。

そう考えると、余計にトイレへ行きたくなるから困ったものだ。

「あ、そうか。昇磨くん、わりと得意だもんね」

「や。別に資格もないですし、門前の小僧が習わぬ経を読めるってだけで」

小僧――まさか、護摩《ごま》木を焚《た》いて祈禱する系だろうか。だとしたら前髪にかけたゆるめのツイスト・スパイラルパーマが、火に炙《あぶ》られてチリチリにならないか心配だ。

「逆に、琉吾先生の方が得意なはずなのにねぇ」

「自分のことには気づかないモンですよ」

先生が祈禱——と想像して、ナシ寄りのアリかなと思ってしまう自分が怖い。

こうやって緊張感が自分を圧迫し始めるとバカげたことを想像して、無意識のうちに考えることから逃げている自分が嫌になってくる。

思わずため息をついてしまった時、ようやく診察ブースから先生が出てきた。

「マツさん。次の患者さんは——ミツくん？」

「じゃあボク、帰るわ」

「お疲れしたー」

出て行く社長の背中を見送りながら、先生は首をかしげている。

「ショーマ……これは、どういうことだ」

「ま、それより。待ってる患者さん、早く診てあげてよ」

「それは、それとしてだ。この時間にミツくんがいるのは、明らかにおかしいだろう」

眞田さんは、ヤレヤレと首をすくめている。

「おかしいのは、リュウさんなの」

「どこが？」

「少なくとも【認知行動療法】が必要なレベルだって、三ツ葉さんと話してたとこだし」

「は？　俺が？　なぜ？」

本当に心当たりがないようで、先生はまた首をかしげてしまった。

それ以前に【認知行動療法】という言葉自体、初めて聞くものだ。

「あ。奏己さんにも、ちゃんと教えますからね」

「えっ……いや、私は……別に」

「そんなに難しく考えなくても、簡単に言えば『考え上手になる方法』っスよ」

どの角度から聞いても、難しそうなイメージしかない。

「でも私、医療事務ですし」

「職種も年齢も性別も、ぜんぜん関係ないです。だいたいこれ、対人用だけに使うスキルじゃなくて、対自分用にも使えるものですから」

「そうなんですか？」

「仕組みを理解しておけば『護心術』になりますよ」

「……護身術？」

「心を護る術って意味で考えた、オレの造語です」

そう言って眞田さんは親指を立て、ウインクをした。こんな仕草が自然に出て似合う人は、かなり限られるだろう。

とはいえ。

インパラ・センサーを駆使し、出ない杭は打たれないをモットーに生きてきた者として、「護心術」という響きがとても魅力的だったのは紛れもない事実だった。

▽ ▽ ▽

滞《とどこお》りまくって待ち時間が赤字だらけになった午前の診療も、なんとか終わり。

午後二時半をすぎて、ようやくお昼の休憩となった。

「じゃあ今日の昼メシは、オレのおごりってことで」

社食に行っている時間がないとか、めぼしいメニューが残ってなさそうだとか、そういう理由もあったけど。今日はこれから眞田さんが【認知行動療法】——考え上手になる方法についての説明、かつ簡単な実践をしてくれることになったので、なぜかランチも眞田さんがピザを頼んでくれることになった。

もちろん実践というのは、最近とても様子のおかしい森先生に対してだ。

「私までごちそうになって、いいんですか？」

「いやいや。逆に、なんで奏己さんだけ交ざっちゃダメなんですか」

クリニック課のデスクに並べられたのは、Mサイズ二箱とサイドメニューが一箱。ひとつはひとりで食べ切る自信はないものの、シェアできるとなったら絶対に食べたい第一位、シーフード・スペシャルをホワイトソースでお願いした。

もうひとつは先生が注文した、こだわりの一枚。なんでも生地は絶対パリパリのクリスピーしか認められず、ソースはトマトソース一択。既存のセットなんて選ぶはずもなく、トッピングはオリジナルでチーズ、コーン、マッシュルームのみ。三種類以上の具を乗せることは「道に反する」と教えられたそうで、もしかするとピザに対するエリート教育か礼節なのかもしれない。もちろん誰が先生にそう教えたのか聞きたくて仕方なかったけど、今はどう考えてもそういう空気ではないのでやめておいた。

「ん？　ショーマ、おまえは？」

「オレ？　エッグタルト」

サイドメニューの箱には三個入っているけど、これはシェアしてもらえるだろうか。

「それはピザではなく、スイーツだが」

「別にいいじゃん。ふたりのピザ、分けてくれるんでしょ？」

仲良しか、というツッコミを入れるのは今後の課題にするとして。

眞田さんの言う認知行動療法とは、どんなものだろうか。ピザが届くまでに検索した範囲では、どうやっても心理療法――臨床心理士さんのお仕事しか出てこなかった。そんな専門的なことを説明されても理解できる気はまったくしないし、今からそんな専門的なことをする雰囲気にはとても思えない。

そもそも薬剤師の眞田さんに、なぜこんな知識があるのか分からなかった。

「ちなみに俺は、なにひとつ納得していないのだが」

「なんでよ。いつも注文する時のピザと、ぜんぶ一緒じゃん」

「ピザの話ではない」

少しだけ不服そうな表情に見えないこともない顔で、先生はこだわりのオリジナル森トッピングのピザをひと切れ手渡してくれた。

「すいません。いただきます」

「どういたしまして」

パリサクのクリスピー食感に続いて、まずはチーズとトマトソースがストレートに口の中を走った。そのあとから控えめに粒コーンとマッシュルームが混ざってきて、ほのかな風味と新たな食感を追加してくれる。照り焼きや炭火焼きの肉がドーンと前に出てくるワケでもなく、明太子やおもちが異色の驚きをアピールしてくるワケでもなく、極めてシンプルだけど過不足のない味と食べ応え。言うならば「ザ・ピザ」という感じだ。

「……あ、これ好きかも」

「そう？」

先生の目元がほんのわずかだけ、得意げになったことを察知できた。

「これは昔、俺が学生の頃ピザ屋のバイト先で店長がシフトに入るたびに――」

「いらない、いらない。リュウさん、その話は今いらないから」

「なぜ」

かじったピザのチーズを伸ばしながら、先生は真顔だ。

「あのさぁ。これ、リュウさんのために集まってんだよ？」

「認知行動療法か……それこそ、いらないと思うが」

ぷいっと窓の外に目を逸らすあたり、なんだか今日はやけに先生が可愛らしく感じる。

そんな姿には慣れているのか、眞田さんはお構いなしだ。

「患者さんの待ち時間が赤字だらけになったの、一番気にしてるのはリュウさんでしょ」

「そのことについてはもう、マツさんに話してある。特別診療枠を設けて診察時間を」

「ほら、それ。リュウさんの【認知】にズレがあると思わない？」

「は……？」

ここでようやく、認知という言葉が出てきた。ということは、いよいよ眞田さんによる認知行動療法が始まるのだろうか。

眞田さんはシーフード・スペシャルを食べるのをやめ、先生と向かい合った。

「心身症系の診療も一般診療も、どっちも待ち時間がまっ赤になったじゃん」

「まぁ……な」

「リュウさんって一般診療の平均診察時間、ひとり六分ぐらいだったよね」

「そうだ」

患者さんひとりあたりの平均診察時間がどれぐらいか実測データを取ったことがある、と先生が言っていたことを思い出した。予約枠を決める時の目安にした「短すぎず長すぎず」の基準は、これだったのだ。

「患者さんが一日で百二十人とか超えてるような日は、ひとり約二、三分」

「申し訳ないが、短くせざるを得ない」

「ヒマな時なら、のんびり十分とか十五分もアリ。心身症系の病態説明だって何回かに分けて説明するから、一回は長くても二十分だよね」

「……ショーマ。端的に言ってもらって、かまわないぞ？」

先生はまたオリジナル森トッピングをかじって、チーズを伸ばしている。CMではよく見かける光景だけど、ここまでキッチリ再現する人もなかなかいないだろう。

「長いこと外来診療をやってきてフレキシブルに診察時間を調整できる人が、今の『待たせ具合』はおかしいって言ってんの」

「だから、特別診療枠と一般診療枠に分けて」

「だから。話がまたループしたよ？」

「……ん？」

ようやく眞田さんは、またピザを口にした。

それをしっかり嚙んで飲み込むまで、先生は真剣に戸惑っていた。

「認知行動療法の第一歩。認知のズレがどこなのか【集中】すること、だよね」

「そうだが……」

「集中するべきは、診療枠を変えても何をしても『診察時間の調整』ができなくなってることを、リュウさんがどう【認知】してるか、じゃないかなぁ」

「それで俺が、堂々巡りの【負の罠】に陥っていると考えたわけか。だが、残念ながら」

「残念ながら、陥ってると思うよ。三ツ葉さんも、ソッコーで納得してくれたし」

「な――」

別に口論というわけではないけど、眞田さんがこれほどシリアスなトーンで先生と話している――というより、向かい合っている姿を見たことがない。

できればここでトイレに抜けるのは、ガマンしたいところ。知らない単語である【負の罠】も出てきたことだし、これはタオル地のハンカチに期待するしかない。

「奏己さん。認知行動療法って聞くの、初めてでしたよね」

「はい。さっき少しググッたぐらいで、なにも……」

「じゃあまず『心のアッセンブリ』から説明しますね」

「アッセンブリ……む、難しいですか？」

「や、安心してください。人間の【認知機能】がどんなパーツでできているか、そういうことをオレが勝手にカッコ良く言ってるだけですから」

それを聞いた先生は渋い顔でピザをかじり、またチーズを伸ばしてから食べた。

「知らない人に物事を説明する際は、造語や専門用語は使わない方が好ましいぞ」

「じゃあ、リュウさんが説明する？　オレ、門前の小僧だし」

またもや、ぷいっと窓の外に目を逸らしてしまった先生。こんなに大人げなかったのかと思うと同時に、どうにも変な庇護欲が湧いてくるのはなぜだろうか。

「人間の脳にはですね。【認知＝考え方】と【行動】と【感情】の三要素が、トライアングルになって綿密に相互作用するシステムがあるんですよ」

「あ。認知って【考え方】のことだったんですか」

「ですです。人間は【考え】て【行動】して、それに対して【感情】が湧いてくる。あるいは自分が取った【行動】について【考え】てみたら色んな【感情】が湧いてきたり、時には【感情】に左右されて取った【行動】についてあとからいろいろ【考え】込んだり
——極端な話、流れは六パターンしかないと思ってもらっていいかなと」

最初はどんな特殊な話かと身構えていたけど、そのスタートとなる「心の構成要素《アッセンブリ》」が三つだけとは、意外にシンプルで安心してしまった。

「それなら、私にも理解できそうです」

にこっと笑い、眞田さんはまたシーフード・スペシャルをひとくちかじった。

ぜんぜん関係ないけど、オリジナル森トッピングはあまり好みじゃないのだろうか。

「たとえばですけど――」

眞田さんがあまりにも露骨に先生の方を見たので、これはもう喩え話ではないと思う。

「――人間、失敗するのって当たり前じゃないですか」

「ですね」

何か失敗した時、それは常に自分に言い聞かせていることなので、ちょっと返事が食い気味になってしまったかもしれない。

「そこで、次はどうやったらうまくいくかを【考える】人もいますよね」

「ですね。次はどうやって逃げようかと【考える】人もいますけど」

恥ずかしながら、それがこれまでの人生だった。

「それもアリでしょ」

「……え。そう、ですかね」

「だって【考えた】末に取る【行動】って、『うまくやる』以外に選択肢はナシですか?」

「や……まぁ、それはそうですけど」

なんとなく、ヘリクツで誤魔化されたような気がしてならない。

「ゲームのコマンドが『攻撃』と『防御』だけで、『逃げる』がなかったらどうします?

自分のレベルが低いのに『攻撃』と『防御』しか選べず、強い敵にエンカウントしたらゴリゴリと精神力《MP》を削られる一方なんて——そんなの、ムリゲーですよ」

「……言われてみれば」

「しかも、常にオートセーブされるんですよ？　『逃げる』っていう選択肢のない人生ってハード・モードどころか、ナイトメア・モードだと思いますけどね」

ちょっと細かい表現は分からないけど、眞田さんがゲームに喩えてくれたおかげで、ずいぶんスッキリ受け入れることができた。

そうすると逃げてばかりだった今までの人生も、それはそれで間違った【行動】ではなかったのかもしれないし、逃げるは恥ですらないように思えてくるから不思議だ。

もしかすると、こういう【発想】の転換＝【考え方】の転換——あるいは【行動】の転換と言えばいいだろうか——そういうことを、認知行動療法と呼ぶのかもしれない。

「もしここで【考え方】【行動】【感情】の三要素が負の方向に回り始めると、人の心はどうなるかというとですね。たとえば『また次も同じ失敗を繰り返すかもしれない』『他でも失敗するかもしれない』なんて【考え】ちゃうワケですよ」

「ですね。考えます、考えます」

「一回起こったことが怖くて、また次に起こるかどうか分からないのに『かもしれない』って不安になることを、広い意味では【予期不安】って言うらしいんですけど——だよね？　リュウさん」

「ん？　そうだな」

先生が他人事のように、少しずつ会話から距離を取っているのが分かる。

でも眞田さんはきっと、先生に何かを気づいて欲しくて話しているに違いない。だとすると、先生は何をそれほど強く不安に思っていたのだろうか。

「そういう【予期不安】が、今度は『二度と失敗しないようにしなけれ、ば、な、ら、な、い』っていう焦りと緊張の【感情】を生んだり、信用を取り戻すためには『今まで以上にがんばらなければならない』と、自分には無理なことまで引き受けちゃう【行動】に出たりすることに繋《つな》がるんです」

「言われてみれば【考え】【行動】【感情】って、ほぼ常にリンクしてますね」

眞田さんが言った「心のアッセンブリ」という表現は、ピッタリだと思う。

「がんばれば何でもできるワケじゃないし、ムリなことは根性入れてもムリ。逆にそれが裏目に出てまたミスでもしちゃったら、もうこのループは止まらないワケですよ。さらに強い予期不安の【思考】が走り、さらに強い焦りと緊張の【感情】で頭は一杯、さらにムリな【行動】を取るようになる。このループから抜け出せない状態を、【負の罠】に陥っているというんです」

「なるほど。私なら、三十分おきにトイレへ行きたくなりますね」

気づけば、思い切りうなずきながら聞いていた。

「それが今、リュウさんに起こってるんですよ」

「……そ、そうだったんですか」

「ですね。その【負の罠】から離脱できるよう、【考え方】【行動】【感情】のどれにズレや歪みがあるかを一緒になって探し出し、本人が心のアッセンブリをいい方向に回せるように手助けすることが、認知行動療法なんです」

ひとしきり説明を終えた眞田さんはエッグタルトを食べ始めてしまい、会話は途切れたままになった。たしかこういう状態を「天使が通った」なんてオシャレに言うこともあるらしいけど、そんないいものではない。

問題は先生をそんなに不安にさせているものは何か、まだ分からないことだ。それが分からなければ、先生の心のアッセンブリを良い方向に回す手助けはできない。

どんな些細なことでもいいので、先生から不安の元を聞き出さなければ——そう考えれば考えるほど膀胱が刺激され、無駄な緊張が走るだけだった。

「あの……先生、食べます？」

シーフード・スペシャルをひと切れ差し出してから、全力で後悔した。これだけピザにこだわりルールがあると分かっていながら、他に話しかける言葉はなかったものか。

「ありがとう」

意外にもすんなり受け取った先生が、シーフード・スペシャルをひとくちかじった。それに一番驚いていたのは、眞田さんかもしれない。

できれば先生にはそのまま言葉を続けて欲しかったけど、そう上手くはいかない。なんでもいいから、もっとこの場に相応《ふさわ》しい話を振らなければ——。

「なんて言うか……逃げても、いいんですね」

いろいろ考えて出てきた言葉が、これ。どう考えても、これは自分の感想だ。眞田さんからいろいろ説明してもらい、自分が一番安心しただけのこと。なぜもっと気の利いたことが言えないのか、情けなくなってくる。

ちょっとトイレに行かせてもらおうと思った時、不意に先生が重い口を開いた。

「俺はマツさんの信用を失った……大事なスタッフである、身内の信用をだ」

「え……」

先生の「身内」という言葉に、心臓が過剰に反応した。どういう意味で言ったのか分からないけど、とても嬉しかったのは間違いない。

「マツさんへの処方ミスが引き金になったのは、間違いないだろう。他の患者にも処方ミスをしてしまうかもしれない、すでにしているかもしれない——たしかにショーマの言う通り、いま俺の頭を占めているのは『かもしれない』という【予期不安】だ」

「や、先生……あの」

すぐに眞田さんから「まぁ、まぁ」と止められ、エッグタルトを差し出されてしまった。たしかに今は口を挟むより、先生の話を聞く方が先だろう。

「処方や処置のミスをなくそうと注意すればするほど、診察時間は長引いた。そのくせ、疑義照会も検査チェックミスも減らなかった。より慎重になればなるほど、当たり前だが患者を待たせる時間は長くなり、そのことで焦りが生じてさらにミスが増えていく——思っているより俺のワーキングメモリ《同時処理能力》は、易々《やすやす》と圧迫されるものなのだな」

ここでようやく、エッグタルトを食べ終わった眞田さんが話に戻ってくれた。

「それぐらい、奏己さんに処方ミスしたことがショックだったワケだ」

「ショックどころの話ではない」

「やっぱリュウさん、わりと前から随分と肩に力が入りすぎてたんだね」

「……そうだろうか」

「そうだよ。だってギックリ腰に消炎鎮痛剤と抗アレルギー剤を出し間違えるなんて、自分であり得ると思う？」

「ない——が、実際にマツさんに処方ミスをした」

「ってことはさ。その頃から色んなことで、頭が一杯だったって考えた方が良くない？」

そう言って眞田さんは、先生に最後のエッグタルトを差し出した。

それほど食べたそうには見えなかったけど、まるで先生は何か嫌なことを飲み込むかのように、あっという間に食べてしまった。

「あの、すいません……」

口を挟むようで申し訳ないけど、先生にはどうしても言っておかなければならないことがある。ちょっとこのまま話が進んでしまうのは、ダメだと思う。

だからトイレに行きたい気持ちも、ぐっとこらえた。

「いや、マツさんが謝ることは何もない。むしろ俺の認知がどこで引っかかっていたのか、どういう負の思考がループしていたのか、気づかせてもらって感謝している」

「や、あのですね。私はこれといって特別なことは、何もしてないんですけど」

ふうっとため息をついて、髪をかき上げた先生。

人事部の人には断っておきながら、画像に残しておきたい衝動に駆られて困る。

「逃げてもよかったんですね――マツさんにそう言われた時、俺の中で何かが解除された気がした。意固地になって、殻に閉じこもって、自分を否定しながら自分を鼓舞するという矛盾したことは止めようと思えた」

「あ、あれは私自身の感想ですし……そもそも、眞田さんが言われたことですし」

「いやいや、奏己さん。自分では気づいてないかもしれませんけど、なんか『話してもいいかな？』って思わせる雰囲気？　そういうの、絶対に持ってますよ？」

たしかに道を歩いていても、なぜかお年寄りから狙って道を聞かれることが多い。

「それには俺も賛同する。なんというか……決して聞き上手というわけではないのだが、話され上手というか」

「リュウさん。それ、褒めてるように聞こえないんだけど」

眞田さんは最後の森ピザを口にくわえ、箱を片付け始めてしまった。

ダメだ。なんとしてもこの「話はもう終わった感」だけは、止めなければならない。

「あの、すいません……ちょっと、お話が」

「どうした、マツさん。そんな思い詰めた顔をして」

「すいませんね。エッグタルト、三個しか注文しなかったんですよ」

「や、エッグタルトの話じゃなくてですね──」

もうすぐお昼の時間も終わってしまう。

言うなら、これが最後のチャンスだ。


「──私への処方ミスって、なんのことなんですか？」

珍しくふたりそろって「おまえは何を言っているんだ」と顔に書いてあった。

「エ……？」

「いや、なにって……奏己さん？」

今までの話をまとめると。先生が負の罠に陥って様子がおかしくなったきっかけは、どう考えても「処方ミス」で間違いなさそうだ。

でも問題なのは、当の本人にその「処方ミス」とは何のことか、まったく思い当たらないことだった。

「マツさん。スタッフは身内なのだから、それほど気を使ってもらわなくても」

「そうですよ。お薬を勘違いしてたなんて、よくある話ですから」

「や、すいません……これホントの話、最初から本気で分かってなかったんです」

「エ……？」

「……分かってないって？」

これを言ってしまうと話を蒸し返すようで、とても言える雰囲気ではなかった。

ただこのままにしておくのは良くないと、これでお開きにするのは良くないと、ずっと心に引っかかっていたのだ。

「でも、奏己さん。前にオレ、あの薬は抗アレルギー剤だって教えませんでしたっけ？」

物静かで穏やかな面接官のような口調で、眞田さんから質問された。

「は、はい。それは聞きましたけど」

「それでも、なにが『処方ミス』なのか分からない、ってことですか？」

「そうです、それです」

今度は先生が眞田さんと、無言のまま顔を見あわせた。

「マツさん？　俺は腰痛に対して消炎鎮痛剤の『ジクロフェナクナトリウム』を出そうと思いながら、どこをどう間違ったのか抗アレルギー剤である『フェキソフェナジン塩酸塩』を処方してしまった。原因はショーマが言う通り、思っていたより俺のワーキングメモリが圧迫されていたことによる、完全なケアレスミス。言い訳のしようもない事実だ」

「でもあの薬、めちゃくちゃ腰痛に効いたんですよ？　なのに、なんで先生の処方ミスになるんですか？」

「……エ？」

「え……」

今度はふたりしてフリーズしてしまった。

でもこれは事実だし、正しく伝えるべきだと思う。

「フェキソフェナジン塩酸塩が……効いた？」

「……ホントに間違いなく、腰が痛い時にあの薬を飲んだんですか？」

「はい。詳しいお薬の作用のことは、私には分からないですけど……腰痛に効いたのだから、処方ミスとは違うと思うんです」

「抗アレルギー剤が、腰痛に？　そんな、まさか……」

同意を求める視線を送った先生とは対照的に、眞田さんは満面に笑みを浮かべている。

「いや。奏己さんは、そんな嘘つく人じゃないっしょ」

「それは、そうだが……」

「すごいね、リュウさん。これプラシーボだよ、プラシーボ。その人を信じていれば、抗アレルギー剤でも腰痛に効くんだよ」

「痛みに対して、プラシーボ効果などあり得るのか？」

「自分でよく言ってるじゃん。経験よりも、目の前で起こっている症状がすべてだって」

「……まぁ、それはそうだが」

「オレ、あの話を奏己さんから聞いた時さ。てっきり飲んだ薬を勘違いしてて、実際にはちゃんとジクロフェナクナトリウムを飲んでたと思ってたんだよね」

「ほらみろ。おまえだって最初はそう思ってたんじゃないか」

「でも症状に対して、期待する効果があったことに間違いないワケじゃん？」

「それは、まぁ……いや、しかしそれは」

「てことはさ。奏己さんが言うように、リュウさんって処方ミスしてなくない？」

「待て、それはない。処方ミスは、処方ミスだ」

「効果があったのに？」

「ク――ッ」

「副作用もなかったのに？」

ぐぬぬ、と唸《うな》って先生が考え込んでしまった。

もちろん、ふたりが何の話をしているかサッパリ分かっていない。

「奏己さんはそれぐらい、リュウさんのことを信じてるってことなんだよ」

「……そこまで信用してくれているマッさんに対して、なぜ俺は間違った処方を」

「なんで戻るの。いらない、いらない。その負のループ、もういらないから」

ふたりの会話には少しも入れないけど、この雰囲気は悪くない——発達したインパラ・センサーがそう判断したので、ついでに聞いてみることにした。

「あの……プラシーボって、何のことですか？」

眞田さんは答えるつもりがないらしく、先生の方を見ている。

当の先生はなぜか——たぶんこの表情は、照れているのではないかと思う。

「プラシーボとは偽薬効果といって、その症状には効果のない薬剤でも……まぁ、中には効く人もいて……その、あれだ……期待する効果というか、信じることが薬効というか」

「信じていると、より効果が出やすいってことですか？」

「いや、なんというか……それで大きくは間違っていないのだが、まぁ……そこまで信用してくれていることに対して二度と永遠に裏切らないよう、ここに誓うので」

ちょっと何を言ってるかよく分からないけど、医療の世界では「効いたからいいじゃないか」では済まされないということだろう。

「じゃあすいませんけど、またあれを処方してもらえますか?」

「あぁ、いや……結果的に悪くはなかったとはいえ。できれば消炎鎮痛剤である『ジクロフェナクナトリウム』の方が好ましいというか――」

「あ。今の状態には、そっちの方がいいということですかね」

「――結論から言うと、そうだ」

なぜ眞田さんが、そこまで腹を抱えて笑っているのか分からなかった。

ただ、こういう雰囲気は大好きだ。

「よかったね、リュウさん。【負の罠】のきっかけだった【思考】が緩和《かんわ》されたじゃん」

「まぁ……マツさんには感謝以外の言葉が見当たらないのは、事実だな」

そして次の日から、驚くほど先生のミスは減った――というか、なくなってしまった。

恐るべし、認知行動療法。

なにが恐ろしいかといって。結局どのあたりがどう認知行動療法だったのか、今でもサッパリ分からないということだった。

【第二話】発芽する頭痛の種

とある人が予約している特別診療の時刻まで、壁時計の針であと二分と少し。

きっと今日も予約時刻のぴったり二分前になったら、入口のドアが開くはずだと密《ひそ》かに楽しみにしていた。

「月初《げっしょ》の月曜だけど、どうかな……」

なにせその人が朝の玄関掃除をする時は、驚くほど隅々までキレイになる。隅々というのは花壇とコンクリート・ブロックの境界、窓のサッシの隙間、植木の枝で隠れた地面から、排水溝のフタの詰まりまでのこと。さすがに向こう三軒両隣の家に対してそこまでやるのは逆に不審だからやめろと、上長から止められたほど真面目で律儀な人だ。

時には隣のマンションから落ちてきたと思われる子ども用のキャラクター・タオルの持ち主を捜すため、わざわざ仕事の合間にマンションを訪問。管理人さんが常駐していないタイプだったので、ひと部屋ずつインターホンで確認して回ったという伝説の持ち主でもある。人によっては「親切すぎる」「逆に怖い」と評価が割れたけど、結局それは三歳の男の子のお気に入りタオルだったと判明した。

同じ物でなきゃイヤだと大暴れして困っていたお母さんからは、ライトクの社長宛にお礼が届き、その子からは田端さんに感謝のお絵かきが届いたという。きっとその子にとってそのキャラクター・タオルは、かけがえのない移行対象《いこうたいしょう》だったのだろう。

つまり真面目な人であると同時に、やり方は不器用だけど実直で優しい人なのだ。

「失礼します――」

予想通り、この部屋の時計と秒針まで合わせているようなタイミングで、クリニック課のドアが開いた。

「――十六時半に受診の予約をしている、田端です」

時刻は、午後四時二十八分。

低くて少し聞き取りにくい声で入って来たのは、濃紺スーツに襟元のたるみひとつない白シャツとネクタイ姿の、大柄で肩幅の広いがっしりした男性。四角い顔に短髪のオールバック、そして細い銀縁のメガネ。このせいで無愛想というか神経質というか、どうしても第一印象が「堅くて近づきがたい」になってしまう損な人――社内に救急要請ボタンを設置してくれた技術管理部の田端頼樹《らいき》さん、二十九歳だ。

初めて見た時はライトク開発本部系の人ではなく、どこかの会計コンサルタントの人が間違って部屋に入ってきたと勘違いしたものだけど、技術管理部なのに作業着姿を今まで一度も見たことがないのも事実だった。

「こんにちは、田端さ――」

いつもこのあと何か言葉を続けてみようとするのだけど、その前に診察券代わりのＩＤカードをピッとかざされてしまう。首からぶら下げている人がほとんどなのに、田端さんはなぜか必ず鰐口《わにぐち》クリップで胸ポケットが定番。そして必ず毎回、保険証を受付の机に対してキチッと並行に、こちらに向けて呈示してくれるまでがセットになっている。

「ライトク社保の方は、ＩＤカードだけで大丈夫ですよ」

「すみません」

「や、別に見せてもらってもいいんです。それはそれで、はい」

そしてまたキチンとお財布に収めて内ポケットに戻し、待合用に置かれたソファに向かう田端さん。実は最近、座る時にも必ず決まった動作があることに気づいた。

まずはソファの前でスラックスの両膝あたりの生地をつまみ、少しだけ引き上げる。それから両手を膝に置いたまま、安全を確認するようにゆっくりと座面に腰を下ろしていく。そして最後までお尻が沈んだことを確認すると、背もたれには完全にもたれかかることなく、腰のあたりを軽く当てるだけ。顔は常に正面を向いたまま、スマホをいじるどころか微動だにしない。でもたった一度だけ、座り心地を直すようにお尻を浮かす。あとは診察に呼ばれるまで、まばたきと呼吸以外していないのではないかと思うほど動かない。

そして時間ぴったりに診察が始まるので、ここまでの動作を終える頃には、落ち着く間もなく先生に呼ばれてしまうのもいつも通りだ。

「田端さん。どうぞお入りください」

診察室からスピーカーで呼び入れるのは絶対に嫌だという先生は、必ず出てきて患者さんの顔を見ながら招き入れる。

「よろしくお願いします」

「相変わらず、時間に几帳面ですね」

「おれにはそれぐらいしか取り柄がありませんから」

「それをできない人が聞いたら、ずいぶん妬《ねた》まれますよ」

ほんのわずかだけ田端さんの顔に笑みが浮かんだことに、先生は気づいただろうか。もっとも先生自体が表情に乏しいのだから、それもまた微妙な話になってしまう。

それはともかく。試作品の品質管理や開発機器の保守点検を主な業務とする技術管理部では、とても信頼が厚い田端さん。先生が提案してライトクが開発した社員健康互助アプリ「健康ライトク」の「頭痛ヘルプ」グループを通じて、クリニック課を受診してみることを決意。今まで片頭痛だと言われていた頭痛の鑑別診断を進めていった結果、実は心身症状のひとつである「緊張型頭痛」だと診断がついたのだった。

緊張型頭痛が精神や身体の緊張による「筋肉痛」だと先生に説明を受けたことに、ようやく理解が追いついたばかり。まさか頭蓋骨を覆って首と繋いで支えている筋肉の「筋肉痛」が、締め付けるような「頭痛」として現れているとは思いもよらなかった。

でも、今日はよかった。

先生の診察時間も過不足のない正常運転に戻り、きっちり予約の二分前に来る田端さんを待たせなくて済むようになったので、正直なところホッとしている。別に嫌な顔をされたり舌打ちをされたりすることは決してなかったのだけど、待合のソファで真正面を向いたまま微動だにしない田端さんを見るたび、申し訳ない気持ちで一杯だったのだ。

「あれ……もう、処方が出てる?」

すでに受付のモニターでは【診察中】から【会計待ち】に変わっていた。

診察時間、わずか数分。

短い診察時間には悪い印象を持たれがちだけど、特別診療枠に関してはちょっと違う。経過が良くて症状の頻度や程度が軽くなっているか、あるいは安定しているほど、診察時間=病状の経過を聞く時間は短くて済む。特に話の苦手な田端さんのことだから、先生と世間話に花が咲くことはまずないだろう。

あのふたりが、部屋で向かい合っているところを想像すると——ものすごく淡々と話が進み、「どうですか」「とてもいいです」「そうですか。では」で終わりそうで怖い。

「ありがとうございました。失礼します」

そして待合に戻ると、田端さんはまた同じ動作でソファに座る。

そういえば田端さん、目が合っても愛想笑いどころか表情ひとつ変えたことがなかったな——と思いながら、診療明細書をプリントアウトできるぐらいには仕事に慣れてきた。

でも、こういう時ほど注意が必要だと知っているので気をつけなければならない。

「田端さーん。お待たせしました」

カウンター越しの田端さんは明らかに先生より身長が高く、軽く見あげるほど。いつも少しだけ眉間にしわが寄っているけど、これは別に怒っているわけではない。

ただ今日はなぜか、いつものようにサッと内ポケットからお財布が出てこず、診療明細書をじっと眺めて微動だにしない。

これは、算定ミスをやってしまった可能性が著しく高い。やはり余計なことを考えながら作業ができるほど器用な人間になるのは、来世にならないと無理なのだろう。

「あの……なにか、ご不明な点があったでしょうか」

「ありがとうございます」

「え？　あ、いえ……はい」

「森課長に緊張型頭痛だと診断していただいてからとても気分が良くなりました」

田端さんからこれほど長く話しかけられたのは、今日が初めてかもしれない。

そして頭痛が良くなったと言わず気分が良くなったと言うあたり、やはり田端さんは実直で理解力の高い人なのだと思う。

緊張型頭痛がストレスによる心身症状のひとつである限り、完全にゼロにするのは難しい。ただし症状が出る原理を理解できれば安心できて、それだけでも少し気分がラクになるのも事実。自分の体の性格が出すSOSサインなのだから、自分でバランスを取りながら「嫌がってるなぁ」「少し休むか」ぐらいに付き合っていけばいい。ここで「付き合っていくしかない」と思ってしまう人との、分かれ道ができるような気がしてならない。

「そうなんですか。よかったです」

それでもまだ、田端さんは診療明細書を見たまま動かなかった。

「調べたところ森課長はもっと診療報酬をもらっていいのではないかと思いました。カウンセリング料や心身医学療法などが算定されていないのは何故でしょうか」

「つ――」

変な声が出た。

まさか超苦手な算定項目の、しかも「追加」に関して質問がくるとは思わなかった。

特別診療枠を作る時に先生から教えてもらった知識しかないのだけど、そもそもカウンセリング料は保険適用条件がかなり限定的で、通常は臨床心理士さんによる自費診療が一般的だという。それにうちは精神科や心療内科を標榜《ひょうぼう》していないので、算定しなくていいという話だった。ちなみに心身医学療法については、恥ずかしながら初めて聞くものだ。

でもこんな時、便利に使えるマルチワードを先生から教えてもらっていた。

「――だ、大丈夫ですよ。クリニック課は福利厚生の一部ですし」

「ありがとうございます」

「いえいえ。私がなにか、裏から手を回したワケじゃありませんから」

不意に、田端さんの眉間に少しだけしわが寄った。

「では森課長が裏から手を回して下さったんですか？」

「え？　いえ……あれです、喩えというか……すいません、気にしないでください」

しばらく真顔のまま時間が流れて、田端さんの口元だけがわずかに弛《ゆる》んだ。

「……冗談です」

分かりにくい。いい人なのにもの凄く分かりにくいのも、先生と似ている気がする。

「ですよね……」

そして毎回きっちりお釣りがないようにお会計を済ませ、診療明細書をピシッとズレなくパンフレットのように巻き四つ折りにしてお財布に入れると、田端さんの診察は終了。ショーマ・ベストセレクションの棚には脇目もふらず、ドアまでを最短距離で出て行く、と決まっているはずだった。

でもなぜか今日は腕時計をチラリと見たあと、さらに確認するように壁時計も見た。

これはかなり珍しい――と、鋭敏なインパラ・センサーが素早く反応する。

「あ、すいません。お時間、大丈夫でしたか？」

「大丈夫です。今日は定時で帰ります」

分かりにくい。前にそんなタイトルの本がドラマ化されたような気がしないでもないけど、今それを言う意味が分からない。

そのまま背を向け、大柄な田端さんは大股でクリニック課を出て行ってしまった。

「……真面目でいい人なのに、きっと知らない人には伝わらないいんだろうなぁ」

「それでいいと思う」

「あぃ——ッ!?」

変な声が出た。

気づいたらいつの間にか隣に立っている先生は、真剣に暗殺者《シカリオ》になれると思う。

「腰、大丈夫？」

「え？」

「今の動き」

「はい……大丈夫です、ありがとうございます」

おまけにやたら何でもよく見ているから困る、というか恥ずかしい。

「知らない人間に、その人の良さを理解してもらう必要はあるのだろうか」

「……ですかね。でもなんか、損してるような気がして」

「マツさんの良さを知らない人間は、知らないまま生きていけばいいと思う」

「私のことですか⁉」

「誰の話だと？」

この話の飛び具合、やはり田端さんと似ている気がしてならない。

ただそれとは関係なく、先生にそう言われて少し浮かれてしまったのも事実だった。

▽▽▽

ライトクを出ると、思ったより日が長くなっていることに季節を感じた。

「わ……まだ五時半前だ」

先生の意向で、特別診療枠の最後は午後四時半からひと枠だけになっている。そこから先はあえて一般も特別も予約枠を設けず、すべて駆け込み受診用に時間を割いてある。

いつもはなんだかんだで、多少は五時をすぎても診察ＯＫを出してしまう先生。でもたまには終業間際の駆け込み受診がない日だってあるのが、確率というものなのだろう。特に今日は特別枠の田端さんが経過良好だったので、時間が押すこともなかった。レジ締め、医療廃棄物やゴミ捨て、薬剤や備品の在庫確認など、五時になってすぐ始められたのだ。

「あ、そうか。今日は先生の『追記』も、なかったからなぁ」

あれだけもの凄い量のカルテ記載をリアルタイムで書き込んでいるにもかかわらず、最後にひとりずつ思い出して、次回の診療方針や箇条書きにしていた症状や経過などなど、書き足らないと思うものを「追記」するのが先生の日課。いつもはこの「思い出し追記」が終わるまで電子カルテのバックアップがかけられないのだけど、さすがに今日の患者数ではそれもない。

とは言っても。実際には先生のカルテ追記の方が、クリニック課の各種締め作業より早いのが現実。なんだか、嬉しいやら悲しいやら。

そんなことを考えながら、四車線の大きな道路の横断歩道で信号が変わるのを待っていると、ずいぶん後ろから恥ずかしくなるぐらい大きな声で呼び止められてしまった。

「——奏己さァァァァァァん！」

ちょっと体がビクついてしまうほど大きなこの声は、間違いない。

振り返ろうとした時には、すでに肩を摑まれていた。

「うや——ッ！」

今日は、よく変な声が出てしまう日だ。

案の定、そこには乱れたツイスト・スパイラルパーマを気にもせず、息を切らせた眞田さんの顔が思いきり近くにあった。私服は相変わらず、どう見てもV系ホスト。黒ジャケットにサテン系のテラテラした紫シャツで通勤とは——眞田さんに限り許されるだろう。

「あーっ、よかった！　間に合ったァ！」

「ど、どうしたんですか……私、なにか忘れてました？」

「や。駅まで一緒に帰ろうと思って」

「……え？」

それだけ？　という言葉は何とか飲み込んだ。

ライトクからこの信号まで、二百メートルぐらいだろうか。そんな距離を全力で走った記憶なんてないし、そもそも最後に「走った」のはいつだったかすら定かではない。

「だってこの信号を奏己さんが渡っちゃったら、もうひとつ向こうの信号に行くまでオレら、織姫《おりひめ》と彦星《ひこぼし》状態っスよ？」

「……はい？」

ちょっと何言ってるか分からないし、恥ずかしげもなくその喩えが使えるのも恐ろしい。

眞田さんのすべてに圧倒されていると、いつの間にか信号は青に変わっていた。これはもう、駅まで並んで歩いて帰るしかないという雰囲気で間違いないだろう。

同じ部署で働いているわけで、決して眞田さんがキライというワケではない。ただ単に誰かと並んで話しながら帰るという行為が苦手なだけなのだけど、なんとなくそれ自体が人として軸がブレているような気がして情けないというか、恥ずかしいというか。

「オレも東西線なんスよ」

「そうだったんですか？」

「ほらね？　もう三ヶ月も経つのに、そういう話もしたことないじゃないですか」

「まぁ、言われてみれば……そうですね」

通勤路線の話で盛り上がれる自信もないし、大多数の方とは通勤方向が逆なので、東西線恒例の満員電車苦労話もできない。そもそもあの新型ウイルス感染症の流行以降は「詰め込まれた乗客の圧で窓ガラスにヒビが入った」レベルの混雑は少なくなっている。

最寄り駅までの帰路二十分で、何の話をすればいいだろうか。

「オレ今度、ショーマ・ベストセレクションの棚に『睡眠応援コーナー』を作ろうかなって思ってんですよね」

こういう時、眞田さんはとてもありがたい。生まれ変わってもこれほどのコミュニケーション・モンスターになれる人は、ごく一部のエリートだけだと思う。

「それ、三ツ葉社長も言っておられましたよ」

「まじスか？　え、なんで気づいたんだろ」

「なんか、デジタルの目覚まし時計？　あれを見て」

「まじかー。さすが、三ツ葉さんだわー」

両手を頭の後ろに組んで、軽く空を見あげた眞田さん。

このポーズはマンガかドラマの中でしか見られない仕草だと思っていたし、これを違和感なく流れるような一連の動作でやってしまう人なんていないと思っていた。

「なんで目覚まし時計で、快眠なんですか？」

「奏己さん。寝る時の部屋の温度と湿度って、どれぐらいにしてます？」

「えぇ？　や……湿度までは気にしたことがないっていうか、エアコン任せで27℃の設定にすることはあっても……そもそも、湿度を計るものなんて持ってないですから」

「でしょ？　でも就寝中の温度と湿度は『睡眠の質』に、もの凄く影響するんですよ」

「質、ですか」

「ですね。睡眠は深さで、五段階にわかれるんですよ。浅い順にまず『レム睡眠』、次に『ノンレム睡眠』が1から4に分かれて、睡眠時脳波にも違いが出るんですって。あ、もちろんこれはリュウさんの受け売りですけどね――」

　きっと文字チャットなら、語尾にハートマークかウインクしている顔の絵文字が付けられていたに違いないだろう。

　ちなみに分かりやすく説明してもらったのに、あまり理解できていないのはナイショだ。

「――だから何時間寝ても、睡眠の質が悪い＝睡眠深度の浅い時間ばかりだと、熟眠感がなくて疲れが取れないんですって」

「へー。そこに温度と湿度が関係してくるんですか」

「さすが、奏己さん。話が早いスね」

リアルにウインクされてしまったけど、似合っているから何も言い返せなくて悔しい。かといってもう少し眞田さんに慣れたところで、ツッコミを入れる自信はない。

「や……寝ているようで実は寝られてないのかな、ぐらいのふんわりした理解です」

「そこであのデジタル時計、ＳＥＩＫＯ社製のってヤツなんですけどね。温度と湿度の表示が付いてるだけじゃなく、その隣には今の室温湿度で快適かどうかの『快適度表示』も付いてるんですよ」

「それで、快眠系グッズとして」

「ですです。室温は夏なら25～26℃、冬なら16℃からせいぜい20℃ぐらいまで」

「え。冬は、もう少し高いのかと」

「だって、フトンと毛布かけて寝るじゃないですか」

「……そうですよね」

もしハダカで寝たら設定は違ってくるのだろうかと考えた瞬間、危うく眞田さんの上半身裸の姿を想像する寸前で理性がそれを食い止めてくれた。

「湿度は一年を通じて、50～60％がベストですね」

「たしかに最近、そういう『快眠系』の記事をネットでよく見かけますけど……言われてみればそれを知る方法――特に湿度なんて、道具がなければ計れないですもんね」

「だったら枕元で、目覚ましと一緒に湿度計も付いてたら超便利じゃないですか？」

「超便利ですね」

眞田さんに思いきりハードルを下げられて、いつの間にか懐に飛び込んでいる気がする。

「しかも曜日ごとに、アラーム時刻の設定ができるんです」

「じゃあ、スマホを枕元に置かなくて済みますね」

「それにあの機種を推してる理由は、その『アラーム音』が凄いってのもあるんですよ」

「音楽が選べるとか？」

「いやいや。種類はひとつなんですけど、その『音質のレベル』が違うっていうんですかね。びっくりするほどデカい音で脅かすワケでもなく、無意識に消すほどヌルくもなく……言うなら『ぜったい気になる音』なんですよ。いや、マジで」

急に欲しくなってきた。なんでこう、眞田さんは物を売るのが上手いのだろうか。

そんな話をしていると気づけば駅前のタクシー乗り場に着いてしまい、徒歩二十分なんて本当にあっという間だと驚いてしまう。

でも今日は「これで失礼します」と言えない雰囲気が、駅前には満ちあふれていた。

鋭敏なインパラ・センサーはその光景に対して、緊急回避の指示を出している。

「……眞田さん。南口の階段にまわりませんか？」

「南口？　ドラッグストアにでも寄ります？　睡眠サポート系サプリでもアミノ酸のグリシンだけは、直販だけなんで置いてませんよ？」

「いえ、そうじゃなく……あれが」

会社帰りっぽい男性が声を荒げてモメているようで、それは遠くからでも恫喝《どうかつ》のように聞こえる。もちろん帰宅を急ぐ人たちは見て見ぬ振りで、距離を取って素通りしていた。

正直なところ、その光景だけで心臓がバクバクと跳ね回っている。もちろんトイレに行ってからでないと安心して電車にも乗れそうにないのだけど、そのトイレは改札を通った駅ナカにある。そうすると選択肢は、少し道を戻って南口にまわるしかないのだ。

「あー、なんかケンカする一歩手前って感じっスかね。キレたおっさんスーツの方が、大柄なスーツ兄さんに絡んでるっぽいですけど……あのおっさん、よくあんなガタイのいいヤツにケンカ売ったなぁ」

「いや……それは、まぁ……アレなんですけど」

ここでようやく、眞田さんは気づいてくれたらしい。

「もしかして、奏己さん。これを避けて通りたかったから、急に南口に？」

「ホント、すいません……トイレも近くなってしまって」

いくら距離を取っているからといって、あそこを通り抜けて改札への階段を上っていける人が羨ましい。こっちは職場で自分に関係のないモメごとや叱責が飛んだだけでも、ビリビリと膀胱に響いてトイレが近くなるというのに。

「でも、あの兄さん。後ろの女性をかばってるんじゃないかなぁ」

「えっ――」

こんなことを言うとサイテーだと思われそうだけど、できれば聞きたくなかった――というのが正直な気持ちだ。その事実を知らなければ、帰りの駅前で「ふたりの男性」がモメていたという記憶で済んだのに、女性も巻き込まれていたという要素が上書きされてしまった。世の中には知らなくていいことの方が多いし、無関係なはずなのに知ってしまうことでダメージを受けることが多いと、今でも思っている。それが鋭敏なインパラ・センサーの育った背景でもあるので、良いのか悪いのかすら自分でも分からない。

でも眞田さんは、こんな状況などまったく平気らしい。距離を取るどころか、逆に声がはっきり聞こえる距離までステステと歩いて近づいてしまった。

「ちょ――眞田さん⁉」

「うっそ。あの絡まれてる大柄なスーツ兄さん、技術管理部の田端さんじゃないスか？」

濃紺スーツに襟元のたるみひとつない白シャツとネクタイ姿の、大柄で肩幅の広いがっしりした男性。四角い顔に短髪のオールバックで、細い銀縁のメガネをかけている。

それは今日クリニック課を受診したばかりの、田端さんに間違いなかった。

「――ッ！」

多くの場合、現実はさらなる追い打ちをかけてくるものだとは知っていた。

でもこの最悪な状況に、同じ会社の顔見知り――しかも患者さんが巻き込まれているというのは、あまりにも酷《ひど》い仕打ちだ。

「後ろの女性《ひと》と、デートだったんスかね」

今日は定時で帰ります、と言っていた田端さんを思い出す。もしそうだとしたら、今日のデートは最悪だ。今ごろ田端さんの頭痛が酷くなっていないだろうかと、恐怖の上にさらに不安と心配が上乗せされてしまった。

「これ、どうすればいいですかね……」

どこからともなく小さな黒いケースのようなものを取り出して、眞田さんは胸ポケットに固定していた。この状況で、いったい何をしようとしているのか想像もつかない。

「あ、これですか？　ボディ・カメラですよ」

「ボディ・カメラ……？」

「ほら。よくアメリカの警察官が逮捕時の記録用に、胸元の防弾ベストに付けてるヤツあるじゃないですか。あれですよ、あれ」

「ちょ、待ってください！　まさか、助けに行く気ですか⁉　巻き込まれて、ケガとか」

「奏己さん。昔から三ツ葉さんが、酔っ払うとよく言うんですよ。『No one gets left behind.』――社員はひとりも置き去りにするなって」

「……は？」

「それって、超カッコよくないですか？」

本気で眞田さんは、あのモメごとに介入するつもりでいる。

「な、なに言ってるんですか……冗談じゃ済まないんですよ⁉」

でもその前に怒声が響き、驚いた心臓が血液をバクンと一拍吐き出した。そのくせ、手足の先から血の気が引いていくのが分かる。

「オマエ、さっきから関係ねぇだろッ！　カッコつけてねぇで、そこどけって！」

最近よく聞く「キレる五十代」というやつかもしれない。あるいは「反社会勢力」かもしれない。ともかくこの状況をどうしていいか分からず、脳内はパニック状態だ。

それでも田端さんは無言のまま微動だにせず、この危険人物の前に立ちはだかっている。元から少し「堅くて近づきがたい」雰囲気だけど、不思議なことにこの状況でも表情ひとつ変えず、いつもの細い銀縁メガネでキレた男性を見下ろしていた。

「何回も言わせんなやッ！　その姉ちゃんがバカみてぇにスマホばっか見て歩いてっから、ぶつかってきたんだ——あぁッ⁉　見えるか、これェ！　おかげでこっちのスマホがふっ飛んで、ヒビだらけんなったっつってんだろ⁉　関係ねぇんだから、そこどけッ！」

今度は横から田端さんをすり抜けようとした激昂《げきこう》男性に対して、再び田端さんが無言のまま素早く横移動して止めた。

勇敢な行動だけど、とても見ていられない。相手はこうして人通りの多い駅前でも平気で怒鳴り散らすような人間だ。このご時世なら、何を持ち歩いているか分からない。

「おれも何度でも言うがそれは事実と違う――」

いつもは低くて少し聞き取りにくい田端さんの声が、ここまではっきりと聞こえた。

「――あんたがスマホばかり見て歩いていた。あんたがこの女性にぶつかって自分のスマホを落とした。おれが見たこととあんたの言っていることは違いすぎる」

「ハァ⁉　てめえ――ッ！」

あっ――と声を出す前に、激昂男性が田端さんの胸ぐらを掴もうとした。でも掴み損ねて空振りして、ヨロッと無様に体勢を崩している。もしかするとさらにタチの悪いことに、酔っ払いかもしれない。

「すげぇな、田端さん……」

眞田さんは、なぜか田端さんに驚いていた。

「……田端さんが、ですか？」

「おっさんの手が届く寸前で、その手を横へ受け流しましたね」

「それは、よく分かりませんけど……早く、なんとかしないと」

「や。これ、ほぼ大丈夫ですわ。残念だけどオレ、記録係だけでいいみたいっスね」

そんなことを言っている間に、激昂男性は怒りの限界を突破していた。

「ざけんな、てめぇ――ッ！　おいッ！　いま、暴力振るったな⁉」

これがキレた人間の理解不能な謎理論というやつかもしれないけど、相変わらず田端さんの表情に変化はない。そのうえ、怯えたり身構えたりする様子もない。

その態度が気に入らなかったのか、ついに激昂男性は田端さんに殴りかかった。

「きゃ――ッ」

しかし目の前の田端さんを殴り損ねて空振りしただけでなく、勢いつまずいて駅前のアスファルトに顔からズサーッと転んでしまった。

「間違いないっスわ。田端さん、格闘技か何かやってますよ。大振りなおっさんのパンチを受け流したあと、見えないように足をひっかけましたね」

よく分からないけど、状況はそれどころではない。ここまで騒ぎが大きくなると、足を止めて遠巻きに見たり、中にはスマホを構え始めたりする野次馬が増え始めていた。

「痛《いて》ぇぇぇッ！　こいつ、また暴力振るいやがったァ！」

そこで不意に、眞田さんが一歩前に出た。

「あー、これダメな空気に変わりましたね。やっぱちょっと、オレ行ってきますわ」

「えっ⁉　うそ、ちょっとって――眞田さん！」

そう言うと眞田さんは大きく息を吸い込み、思いっきり大声を上げた。

「うわーっ！　この人、超おもしれぇじゃん！　自分でケンカ売って殴りかかったのに、勝手に転んでね⁉　なにこれ、ユーチューブのチャンネルか何かの撮影⁉」

そして怖い物知らずのように、激昂男性に近づいていった。

「マジおもしれぇわ！　オレも動画に撮っとこーっと！」

それを聞いた周囲の人が、さらにおもしろがって次々とスマホを向けるのが、今のSNS時代。この状況では、激昂男性は慌てて地面から起き上がるしかない。

「ま、待てコラァ――ッ！　テメ、なに勝手に撮ってんだッ！」

「あれ……？　けっこう前から、もう録画ボタン押してたわ」

「ハァ⁉」

「ねぇ、おっちゃん。これ、ユーチューブとかで流してもいい？」

「いいわけねぇだろッ！　テメ、誰なんだよ！」

「いいね！　超いいじゃん、そのワイルドな感じ！　まじ再生数稼げそう！」

眞田さんは怒りの矛先を、あっという間に自分に向けさせてしまった。

「ど、どうしよう……どうしよう、どうしよう……」

これ以上、輪の中に入っていく勇気はもちろんない。それどころか情けないけど、何もしていないのに立っているのも辛くなっている。

ただ田端さんは眞田さんの介入意図を理解したようで、無言のまま後ろの女性に向かって「今のうちに」と、この場から逃がそうとしていた。深々とお辞儀をしようとする女性を制し、早くこの場を離れるように仕草で促している。

ということはあの女性、田端さんの彼女さんではない可能性が高い。

だとしたら田端さんは、駅前で危険な男性に絡まれている、まったく見ず知らずの女性を助けたことになる。そして一方的に罵声を浴びせられながら声を荒げることもなく、振るわれた暴力をことごとく無表情のまま受け流したというのだろうか。

「田端さん、なんでそんなこと……」

他人の勇気を素直に褒められない自己嫌悪は、認めざるを得ない。でも正義感から人を助けようとしてケガをしたり、最悪の場合は——そんなニュースが頭を過《よぎ》るのも事実。

そんなところへ、さらに心拍数と膀胱刺激を加速させる要素が飛び込んで来た。

「はいはい、ちょっといいかな！　そこの三人、動かないで！　そのまま、そのまま！」

これだけの騒ぎになれば誰か警察に連絡してもおかしくないし、タクシー乗り場の向こうには、去年建て替え工事が終わったばかりの駅前交番もある。警察官がふたり来たことで、さらに駅前の人だかりは増えていった。

「あぁ……警察なんて、最悪の展開だよ……」

そんな光景をどうすることもできず遠巻きに見ているのも、すでに限界。しかしここでトイレに逃げたら、ふたりを見捨てたようにしか見えない。でもタオル地のお守りハンカチだけでしのげるほど、日常的な状況ではない。

これは膀胱が刺激を受けているだけ、本当の尿意ではない——そう言い聞かせながら、あとどれだけハンカチを握って騙《だま》し続けなければならないのかと、絶望すら感じ始めた。

そんな時。鋭敏なインパラ・センサーが、もうひとりの女性に反応した。

「あれ……あっちの女性《ひと》、もしかして法務部の」

同じように所在なく離れて騒ぎを眺めているひとりの女性は、社内で見た記憶がある。

そしてその視線が、ふり返った田端さんと合った時——そこには明らかに、ふたりだけに通じる気まずいムードが流れていると感じた。

再び、田端さんの言葉が脳裏を過る。

——今日は定時で帰ります。

田端さんは今日、法務部の人と約束があって定時で上がった。それなのに田端さんは、駅前で危険な男性に絡まれている見知らぬ女性の助けに入ったのだ。

もちろんその人は救われたけど、自分は警察に事情説明させられている。このあと食事の予約でもしていたのなら、間に合わなくなるだろう。なにより話下手な田端さんは、この出来事を気まずい雰囲気にならないように話せるだろうか。

「……見て見ぬ振り、できなかったのかな」

自分の口から漏れた驚くほど情けないひとりごとに、ほとほと自分が嫌になる。

強烈な悪意の嵐はいつもこうして、看過黙認することを強要してくる。

見ない、聞かない、言わない——それが最適解だと、ほくそ笑んでくるのだ。

▽　▽　▽

あれから数日経って、心の動揺もだいぶ落ち着いてきた。

ダメージの回復スピードを上げるため、早く歳を取って厚かましくなりたいとすら思う。

「では――」

そんな今日は午前最後の患者さんだけ、診察時間がかなり押してしまった。それ自体はよくあることなので問題ないけど、それが田端さんだったことが問題で、お昼は当然のようにランチ・ミーティングとなった。

なんだかこの展開、デジャヴのように思えてならない。

「――今日の昼食は、俺持ちということで」

時刻は、まだ午後二時。社食に行っている時間もあるし、めぼしい定食も残っていると思うので、別にデリバリーではなくてもいいはず。だけど、そういう問題ではないという。

どうやらふたりには、誰かの時間を拘束する時は必ずその代償を支払うシステムがあるらしく、先生は「時間あたり都道府県の最低賃金以上は払うべき」と言って譲らなかった。

「あの……私までごちそうになって、いいんですか？」

「マツさんは本当に『海鮮アボカド重』で、よかったのだろうか」

質問に質問で返されたということは、それ以上聞くのは野暮ということかもしれない。

お昼にお寿司のデリバリーはまったく想定の範囲外だったけど、自分では絶対に頼むことはないものの、絶対に一度は食べてみたかったやつにソッコーで決めたあたり、人間って現金だなと自分で呆れてしまう。

「でも、リュウさん。意外にアボガド巻きとか、好きな人は多いよ？」

「ショーマ。アボカドだ」

「……出た、アボカド警察。超めんどくさい」

そう言って眞田さんは、ウニとエンガワと炙りサーモンだけがずらっと四個ずつ並んだパックを手に取った。それ、都道府県の最低時給を軽く超えていないだろうか。

「おまえは相変わらず、その三種か」

「リュウさんに言われたくないね」

先生のパックには、玉子と穴子とツナマヨの軍艦がぎっしりと並んでいる。

子どもか――という言葉は、飲み込んだ。

別にルールやマナーがあるわけでもなし、好きな物を注文すればいい。そういう気楽さが、クリニック課には随所に散らばっている。それが、とても心地よいのだ。

「今日集まってもらったのは、他でもない。田端さんのことだ」

ツナマヨの軍艦をひとくちで食べると、先生は本題に入った。

「だよね。処方を見る限り、コントロール不良っぽいもんね」

さすが薬剤師さん、処方内容を見ただけで様子の変化が想像できるのだ。

ぜんぜん関係ないけど、そのお寿司の食べ方も気になった。これは絶対、ウニの軍艦を全部食べてから他のものに手を出すに違いない。ショートケーキのイチゴから食べるのも問題ないのだから、もちろんバランス良く各ネタを食べていく必要はないだろう。

そんなどうでもいいことを考えながら先生の話を聞いていると、どのタイミングで「海鮮アボカド重」に箸をつければいいか分からなくなってしまった。

「頭痛の頻度は毎日一回、多い時だと二回。嘔気《おうき》やめまいは伴わないものの自制内《じせいない》とはいえず、純粋な鎮痛剤が無効になってきた」

「奏己さん。自制内って、自分自身でコントロールできる範囲っていうか、痛みでいうとガマンできる範囲っていう意味ですから」

「あ、そうなんですね」

「リュウさーん。知らない人に物事を説明する時は、専門用語とか使わない方が好ましいんだよねー？」

「つ……」

このやりとりも、いつか聞いたような気がしないでもない。

先生は悔しかったのか玉子をひとくちで食べてしまったけど、まさか嚙まずに飲み込んでいないだろうか。

「それで先生は、新しく『クロチアゼパム』というお薬を処方されたんですか」

「短時間作用型のベンゾジアゼピン系『抗不安薬』で、半減期——簡単に言えば、薬効の持続時間はせいぜい六時間程度の薬剤だ」

「私が前に頻尿対策でもらったことがある『ロフラゼプ酸エチル』も、たしか抗不安薬だったような……」

「そう。あれは作用時間が長いものだが、薬剤のジャンルとしては同じものだ」

ウニを全部食べ終わった眞田さんが次に好きなのは、どうやらエンガワらしかった。

「んで？　日常生活に支障は出てんの？」

「ショーマは、田端さんの技術管理部での評判を？」

「あー、第一商品開発部の患者さんから聞いたことあるよ。どんな些細なことも見逃さないから、試作品の品質管理や開発機器の保守点検には超向いているって」

「最近では『型番』を確認するという、絶対のルーチンワークを失念したそうだ」

同じ外見で同じ部品のように見えても、性能が微妙に違うので型番も微妙に違うことはよくある。品質管理や保守点検作業でそれを確認しなかったとなると、報告書が虚偽になってしまうのだ。

「……え、マジで？」

わりと動揺した眞田さんは、エンガワにしょう油をつけすぎてお寿司を崩してしまった。

「それ以来、極端な確認を繰り返している」

「確認恐怖症的な？」

「それは正確な表現ではない」

「わりぃ。強迫的、だったね」

首をすくめて、ぺろっと舌を出した眞田さん。

こんなにマンガみたいな仕草が似合う人は、本当にめったにいないと思う。

「またやるかもしれない、もっと大きな見落としをするかもしれない——そんな予期不安の【思考】に囚《とら》われた田端さんは、著しく慎重な【行動】を取るようになってしまい、処理能力の低下を招いている。これが作業進行や納期の遅れとなり、さらに焦れば焦るほどミスは増え……今日はかなり、自己嫌悪の【感情】も強くなっていた」

「じゃあもう【思考】【行動】【感情】のトライアングルが、完全に【負の罠】に陥ってるってことじゃん」

「そうだ」

「なるほどね。それで、抗不安薬だったわけか」

ふたりそろってため息をつき、玉子とエンガワを頬張った。

話の内容が内容だけに、海鮮アボカド重はまだふたくちしか食べられていない。

「田端さんが【思考の負の罠】に陥ったきっかけは、型番を見落としたことで間違いないが……そもそも、そんなあり得ないようなミスをするほど、何が田端さんの【ワーキングメモリ】を圧迫していたのか。それが【負の罠】を根本的に解除するキーになるのだが」

「うーん……それに関係するような話は、どこからも耳に入ってないなぁ」

この【ワーキングメモリ】という単語。前回から気になっていたのだけど、厳密にはどういう意味なのだろうか。

たぶん今までなら話の腰を折ってしまうし、聞いても理解できない可能性が高いので、このままスルーしていたと思う。そしてあとでこっそりネットで調べておこうと思いながら、忘れてしまうのがほとんどだった。

でも今は、クリニック課の医療スタッフ《コメディカル》だという意識がある。それが自分の背中を押してくれたし、ネットの情報より先生の説明の方が間違いないはずだ。

「あの……ワーキングメモリって、なんのことなんでしょうか」

穴子を口に頬張ったままショートフリーズした先生が、リスみたいに見えて仕方ない。

「すいません……話の腰を折ってしまって」

でもすぐにそれを飲み込んで、わずかに嬉しそうな表情を浮かべた。

「いや、全然。とてもいい質問だと思う――」

「や、お寿司を食べてからでも」

「――人間の同時処理能力、と考えてもらっていいと思う。たとえばマツさんは今『カンファランスの話を聞く』と『海鮮アボカド重を食べる』という処理を、ほぼ同時に行っている。つまりワーキングメモリを、すでに『二個』使っているということだ」

熱心に教えてくれて嬉しいけど、ずっと目を見たままなのは恥ずかしくて仕方ない。

「人間はそれぞれ『ワーキングメモリを何個積んでいるか』、つまり何個同時に処理できるか、人によってだいたい決まっている」

「え、そうなんですか……？」

それが人間のスペック、というものなのだろうか。

「たとえば俺とショーマとマツさんではワーキングメモリの数は違うが、それは当たり前の個人差で、多ければいいというものでもないし、多少トレーニングをしたところですぐに増やせるものではない――」

やはりそう簡単に、能力を上げることはできないらしい。

それはそれとして、少しぐらいは目を逸らしてもらえないだろうか。

「――が、残念ながら減ることはある」

「減るんですか!? だって、人によって決まってるんじゃ……」

増やせないのは仕方ないとしても、減るのはとても困る。

「たとえばマツさんのワーキングメモリが通常は四個だったとしよう。今はそのうち二個が『カンファランスの話を聞く』と『海鮮アボカド重を食べる』で埋まっている。そうすると使える残りのメモリは、二個に減っていることになる」

「……そうか、使っちゃうと『残り』は減りますよね」

「もしも今『家の鍵を締めたかな？』と不安になれば、それでまたひとつメモリは減る。さらに『借金問題が頭を過る』と、ワーキングメモリの残りはゼロだ」

「あぁ……それ、なんとなく分かります」

「ちょ、奏己さん？　借金あるんですか？」

「ないです、ないです！　ぜんぜん、それはないんですけど――」

すでに話を聞きながら、海鮮アボカド重を満足に食べられていない。間違いなく、ワーキングメモリは四個も積んでないだろう。

「つまり巨大な何かが田端さんのワーキングメモリを埋めてしまったので、日頃なら処理回路からこぼれ落ちないはずのルーチンワークすらこぼれ落ち始めてしまった。そう考えているのだが、果たしてそれが何なのか……つまり処方した抗不安薬は、田端さんを【一番不安にさせているもの】が解除されるまでの対症療法にすぎないということだ」

やはり分からないことは、ちゃんと聞いてよかった。

これでようやく、ふたりと同じステージに上がって会話に交ざれる気がする。

「果たしてって……このまえ奏己さんと駅前で見た、キレたおっさんに絡まれたやつ。どう考えても、あれが【一番不安】なんじゃないの？」

「その話は本人からも聞いたが、どうだろうか」

えっ、違うの？　という言葉は辛うじて飲み込んだ。

「順当に時系列で考えると、どうやっても当てはまる気がするんだけど」

「見知らぬオジサンとのイザコザを、ずっと気に病んで？」

「だって田端さん、マジメじゃん」

マジメではなくても、普通は気に病むレベルの出来事で間違いないと思う。

「前後関係ではあるが、因果関係があるかというと……どうも腑《ふ》に落ちない」

「なんでよ。警察も来ちゃったし、会社に連絡も入ったし、気にして当然じゃない？」

そんな同意見の眞田さんは、いよいよ炙りサーモンに手を付けた。

好きな物から食べたのか、最後に残したのか——全然関係ないことを考えてしまうあたり、真剣さが足りないというより、目の前の問題から逃げたいのだと思う。そんな自分に相変わらず恥ずかしくなっていると、不意にある重要なことを思い出した。

「あ、でも……そういえば、あの時」

「なんか他に、ありましたっけ？」

「……ん？　ショーマ、あれは」

「ちょっと。リュウさんはあの場にはいなかったんだから、そんなに無理な角度で話に交ざろうとしなくても――」

「違う。一階の玄関が、妙に騒がしくないだろうか」

たしかに物品の搬入や、人の出入りとは違う騒がしさ――ハッキリとは聞こえないけど、雰囲気としては「禍々《まがまが》しさ」のようなものを、ここ三階のクリニック課からでもインパラ・センサーが拾っていた。

「……ですね」

バクンと心臓が血液を激しく吐き出し、足元から冷えていくのが分かる。

「えーっ、なにそれ。気づいてないの、オレだけ？　悔しいんだけど」

「では、行ってみるか」

「あの、先生!?　行くって――」

「マツさんはここで、ゆっくりお昼の続きを」

これにはさすがに、眞田さんが異を唱えてくれた。

「いやいや、待ってよ。クリニック課のオレらが見に行く理由、全然ないでしょ」

でもそれを言うなら、あの時の眞田さんにも同じことを言いたい。

ふり返った先生は妙にキリッとした顔になっているけど、ただなんとなく興味本位な気がしないでもないのは、手にお茶を持って行こうとしているからだと思う。

「ミツくんが、よく言うだろう。『No one gets left behind.』——社員はひとりも置き去りにするなと」

ふたりとも、社長のそのセリフに感化されすぎではないだろうか。

この展開もデジャヴすぎて、露骨に膀胱を直撃してくる。

「じゃあ、なによ。そのペットボトルのお茶は」

「酢飯でノドが渇くのは当たり前だと思うが？」

「ねぇ、なにしに行く気なの。三ツ葉さんのカッケー言葉、台無しじゃん」

呆れながらも結局、眞田さんは先生と一緒に下りていくつもりらしい。

ここにひとり残ってワーキングメモリを確実に一個だけ使い、余裕をもって海鮮アボカド重を食べるという選択肢がないわけではない。むしろ、できるならそうしたい。

ただ正直なところ、すでにワーキングメモリは不安で埋まってしまい、ここに残っていても美味しく食べられそうになかった。

「あ、じゃあ……私も」

「奏己さん、リュウさんに付き合わなくていいっスよ。こういうの、苦手でしょ？」

「……けど、私もクリニック課の一員なので」

「ショーマ。こういうの、とは？」

「リュウさんは、いいの」

ちょっと仲間はずれにされたようで、先生は不服そうだった。

「じゃあ、オレらのうしろに隠れててくださいね。野郎がふたりいれば、大丈夫っしょ」

「では、マツさん。俺からは、これを」

どう考えても、ペットボトルのお茶はいらないと思った。

▽　▽　▽

三人そろって階段を下りていくと、喧噪《けんそう》は次第に強くなっていった。

「先生……やっぱり、これ……行かない方が良くないですか？」

会社の玄関で大人がケンカだなんて、想定の範囲外にもほどがある。

そもそも「ケンカ」という表現は、物事の本質をぼやかしている気がする。法治社会においてケンカとは、歴とした暴力行為。忘れかけていたあの駅前騒動の光景が蘇《よみがえ》り、急激に足元から冷えていくのが分かる。

「手や物が届く距離には近づかないので、大丈夫だ問題ない」

「うわぁ、なんかイヤな予感がする……奏己さん、オレのうしろに隠れててくださいね」

「……眞田さん。やっぱり、戻りませんか？」

たぶん、同じ人物を思い描いているのだと思う。

だとしたら警察に介入してもらったにもかかわらず、わざわざ会社までやって来たということになるので、かなり厄介なことに間違いない。


「うるせぇあ――――ッ！　この前のデクノボウを出せって言ってんだろが、ボケコラァ！」


喧噪の中心人物を見て無意識に体が後ろに下がり、危うく転びそうになった。

この怒り心頭のスーツ男性は、間違いない。駅前で田端さんに絡んだ挙げ句、眞田さんと田端さんが警察に事情を説明している間にも暴れだし、応援に駆けつけたふたりの警察官に引き剝《は》がされて駅前交番に連れて行かれた、あの激昂男性だ。

「ご用件は承りました……申し訳ありませんが担当の者が参りますので、玄関の外で」

「あぁ⁉　耳ぃ、腐ってんのか！　呼べっつってんのは担当じゃねぇだろ！　あいつだよ、デカい図体してオレに暴力振るいやがった、ここの社員だよッ！」

「ですから」

「ここ見ろォ！　ほらァ――ッ！　血ィ出てんだろ⁉　傷害罪になってンだよ！」

警備の人と男性社員のふたりで何とか押しとどめているけど、それにも限界が見えてきた。そうすると次は、誰が出て行ってこの激昂スーツ男性を止めるべきなのだろう。

まさか先生、止めに入ろうと思っていないだろうか。

「このあたりでいいか」

ところが先生は、一階まで残り半分のところで階段に座り込んでお茶を飲み始めた。

たしかにここからだと玄関で何が起こっているか、だいたい見渡せてしまうとはいえ、何を考えているやらサッパリだ。

「せ、先生……？」

「マツさんも、座る？」

「や、結構ですけど……その、いろいろ大丈夫ですか？」

「いろいろ？」

「……ええ、いろいろ」

これではどの角度から見ても、お茶を飲みながら見物している野次馬だ。

それ以前に、またあの激昂男性を見せられて、立っている感覚さえ次第に消えていくのが怖いという自分の問題もある。

「男性、四十代後半……だろうか。威圧的で、易憤怒性《いふんどせい》あり——」

「……はい？」

そんなことはお構いなしに、先生は玄関の激昂男性の観察を始めた。

「——使う単語と話の文脈からは知的に著しく低い印象はなく、現実との境界線も比較的明瞭で、記憶の改ざんも現時点では認められないが、用いる言葉は概ね粗野で横柄。会話は一見すると一方的だが、こちらからの会話にも乱暴にではあるが反応する。身なりは著しく不潔ではないものの、そのまま通勤できるほど清潔でもなし」

どうも先生は、あの男性の「視診」をしているのではないだろうか。いつも言っている「診察は受付に入って来た時から始まっている」というやつかもしれない。

「先生……もしかして診察してるんですか？」

「来社した時間から推測すると、通勤や会社勤務をしているか定かではない。にもかかわらず、スーツとネクタイを着用していることに違和感がある。そもそも、会社勤務用のスーツとシャツにしては不潔に汚れすぎている――現状で分かるのは、それぐらいか」

どうやら止めに入るつもりはないようなので、まずはひと安心したものの。眞田さんとはまた別の角度――たぶん完全に医師が患者を診る時の視点になってしまい、あの男性が先生にとって恐怖の対象になっていないことには驚いてしまう。

そのせいか不思議なことに、前回の駅前ほど恐怖と動揺は制御不能ではなかった。

先生は冷静に医師として観察しているし、目の前には眞田さんの背中もある。なによりここは、七年も通っている職場の中。なんとなく「我が城」に護られている気が、しないでもないからかもしれない。

ただ視診が終わったのなら、もう戻ってもいいのではないだろうか。

そんなことを考えていると、階段の上から慌てたふたりの男女が下りてきた。

「なぁ、まだ早いんじゃないか？　担当は『社内相談窓口』だけでいいんだぞ？」

落ち着いているようで、少しだけ動揺した男性の声には聞き覚えがあった。

「お願いします。絶対に岸谷《きしたに》さんの邪魔はしませんので、少しでいいですから、対外案件にも同席させてください」

もうひとりの女性の言葉で確信した。

男性は法務部の主任――岸谷勇静《ゆうせい》さん、三十四歳。法学部出身ではないけど部下の統率力と対人スキルに長《た》けているため、成るべくして主任になった人。クリニック課には腰痛管理でしばしば受診されるので顔なじみだし、ライトク健康アプリの「腰痛ヘルプ」内でも新規登録者に対して最初に声をかけるのも、だいたい岸谷さん。

ここで我が社の頼もしい法務部の登場とは、なんともありがたい限りだ。

「矢ヶ部《やかべ》。おまえのヤル気は買ってるけど……この手のクレーム処理は」

「お手伝い……同席だけでもいいんです。絶対なにも言わず、傾聴《けいちょう》に徹しますから」

ということは岸谷さんから心配されているのに、なぜか必死に食い下がっているこの女性は――法務部に異動して一年目の矢ヶ部朱莉《あかり》さん、二十六歳。

矢ヶ部さんはこの春、ライトク社内ではちょっと有名になった人だ。

新卒の入社から経理部に三年間所属し、その仕事ぶりには定評があったという。それなのに四年目のこの春、自らすすんで法務部に異動願いを出した。部署内での人間関係にも特に問題は見当たらず、経理部の部長もかなり困惑していたという。

しかしライトクの法務部には暗黙の了解があり、新卒ならば法学部卒、それ以外ならば関連資格やスキル——たとえば行政書士や司法書士の資格、海外企業が絡む場合の英語力、クレーム対応、ネット炎上対策、従業員の不祥事対応など、コミュニケーション能力や法務スキルに関する高い専門性が必ず求められていた。だから今までのライトクであれば、この異動願いが受理されることはない。

しかし社長が交代してからはＳＷＥＧｓ＝持続可能な労働環境目標のひとつ【質の高い教育をみんなに】の一環として、社員のやりたいこと、自己実現、自己認知や自己管理を大切にすることを掲げ、「何事も試さずに否定しない」と明言されている。つまり矢ヶ部さんはその勇気ある第一号で、経理部から異例ともいえる法務部への異動を認められた人なのだ。

「じゃあ、一階の奥の応接室に……ひとりで通せるか？」

「はい！」

「頃合いを見計らって行くけど……相手は奥に座らせて、おまえはドア側に座るんだぞ」

「はい！」

「初期対応『1』まで、必ずマニュアル通りに。あと、防犯カメラの死角に入るなよ」

「はい！」

ため息をついた岸谷さんを残し、階段を下りていった矢ヶ部さんを見て確信した。

「眞田さん。あの駅前で遠巻きに見てた女性《ひと》、矢ヶ部さんで間違いないと思います」

自分の恐怖が和《やわ》らいできたせいか、少しは冷静に役立つことを話せるようになった。

「あれですか？　奏己さんが『もしかして』って言ってた人？」

間違いない。あの日、駅前の人だかりの中から鋭敏なインパラ・センサーが反応した、所在なく離れて騒ぎを眺めていた女性は、やはり矢ヶ部さんだったのだ。

だとしたら、田端さんとの関係は――。

でも先生は軽く首をかしげただけで、すでに興味は別の方に取られているようだった。

「こんにちは、岸谷さん。やはりこういった場合、会社では法務部の仕事ですか」

「あ、森せんせ――課長。こんなところで、どうされたんですか？　みなさんも、変な正義感で出て行こうなんて考えちゃダメですよ？　これ、警備と法務で処理しますから」

「施設の管理責任者ではないので、率先して出て行くわけにもいかず。暴力沙汰になった時のために、せめて外傷の受傷機転《じゆしようきてん》を見ておいた方がトリアージも治療も早いかと」

「……機転？」

岸谷さんと同じ言葉に引っかかっていると、眞田さんがふり返って解説してくれた。

「あれですよ。打撲や外傷がどうやってできたかの、経緯です」

「あぁ、なるほど。それでみなさん、ここから見てらしたんですか」

先生はお茶を飲みながら野次馬見学しているのではありませんよと、いちいち説明しなくて済みそうでホッとした。

ちょっと先生を疑っていた自分が恥ずかしいけど、それは最初に言ってくれてもいいのではないかと思う。というより、その手にしたお茶が全部いけないのだと思う。

「それに玄関の防犯カメラだけではなく、別の角度からの記録も必要かと」

「あ。リュウさん、動画撮ってたんだ」

「いや。おまえが」

「なんでそこは、人任せなのよ」

「どうせ今回も、撮っているのだろう？」

「……まぁね」

よく見るといつの間にか、眞田さんの胸元にはまたボディ・カメラが付けられていた。

やはりふたりとも、考えがあって様子を見に来ていたのだ。

「そうだ、眞田課長。この前は動画のご提供、ありがとうございました」

「どうです？　役に立ちそうですか？」

「大助かりですよ。あれのおかげで田端くんに加害行為がなかったことを十分に証明できるって、顧問弁護士の先生もおっしゃってましたし、本当に助かりました」

「そんな、大袈裟っスよ。あれ、半分は趣味なんで」

　どこまで冗談か分からない眞田さんの受け答えに、岸谷さんは苦笑いするしかない。

「実はあの人、法務部では『リスト』に載ってる人でして」

「リスト？」

「駅前の飲食店、整骨院、ネットカフェから移動販売車まで、この界隈《かいわい》で商売やっててあの人に怒鳴り込まれていないお店、ないんです」

「地域全滅⁉　それ、ヤバくないですか！」

「年中あれこれ、四六時中、市役所にまで何百回も電話かけちゃう人らしくて、行政からも威力業務妨害で訴えられる寸前までいったらしいんですけど……」

　でも、さすがは法務部と言うべきだろうか。岸谷さんの中ではもう結論というか対策方針は決まっているようで、さほど深刻そうな口調ではないことに驚いてしまう。

「それより、森せん――課長。田端くんの調子、最近どうです？」

「……田端さん？　どう、というのは？」

「なんて言うんですかね……その、頭痛以外も……大丈夫かな、と思って」

　何か腑に落ちなかったのだろうか、先生がわずかに首をかしげた。

「岸谷さんは、頭痛ヘルプにも顔を出されているのですか？」

「や、まぁ……そうじゃないんですけど……なんか最近、寝れてないって聞いたもので……ちょっと、気になっただけです」

「法務部でも、田端さんが話題に？」

ほんのわずかだけ、先生の顔が硬くなった理由も分かる。

お互いの困った症状を理解して助け合うのは好ましいことだけど、関係ないところで興味本位に症状の話が広がっていくのは大きな問題だ。

「いえいえ、違うんです。そういうんじゃなくて、その……矢ヶ部も心配してたので、早く良くなればいいなと思って」

それを聞いた眞田さんと目が合った瞬間、同じことを考えていると確信した。

あの駅前騒動の光景が、再び蘇る。

ふり返った田端さんと遠巻きに見ていた矢ヶ部さんの間には、明らかにふたりだけに通じる空気が流れていた。ということはあの日、ふたりは偶然居合わせたのではなく、やはり一緒に帰っていた可能性が高い。そして今日の岸谷さんの話と合わせると、矢ヶ部さんと田端さんが付き合っている可能性はさらに高くなった。

もちろん先生は、そんなことに気づく気配はまったくない。

「法務部の矢ヶ部さんが、技術管理部の田端さんの心配を？」

「課長、あれなんですよ。オレ、矢ヶ部のメンターをやってて……それで、ちょっと相談された……っていうか、正確には聞いたワケじゃないんですけど……察したっていうか」

「察した？　矢ヶ部さんの何をですか？」

「えっ？　いや、なにって……それは」

逆にすべてを察してしまった眞田さんが、すかさず岸谷さんと先生の間に入った。

「岸谷さん。そろそろ矢ヶ部さん、ヤバくないスか？」

腕時計を指さされて、岸谷さんは救われたようだった。

「そ、そうですね。すいません、そろそろ行ってやらないと。あいつヤル気はすごいんですけど、ちょっと異動一年目なのに張り切りすぎてて」

「さっきの玄関先のやり取りも、少しは動画に撮れてますんで。何かあったら」

「すいません、眞田課長。たぶん、あとでお借りしに行くと思います」

そして逃げるように階段を下りていった岸谷さんを、やはり先生は最後まで納得できないまま首をかしげて見送っていた。

「ショーマ。法務部の岸谷さんが矢ヶ部さんのメンターをやっていると、なぜ技術管理部の田端さんのことが心配になるのだろうか」

「まだ確証はないから、なんとも言えないけど……田端さんのワーキングメモリを埋めてる巨大な何かは、そのうち分かるんじゃないかな」

「そうか。相変わらずおまえは、察しがいいんだな」

「リュウさんがニブいだけだよ。ね、奏己さん」

「えっ⁉」

急に話を振るのは、眞田さんの良くないクセだと思う。

「……おまえ、マツさんと何を共有しているんだ？」

「だから、まだ確証はないって言ってるじゃん。ねぇ、奏己さん」

「いや、あの……私は、なんていうか……その」

これはもう、半分おもしろがっているとしか思えない。

立ち上がった先生に見つめられても、何と言っていいか分からない。眞田さんの言うように、田端さんと矢ヶ部さんの関係はあくまで推測。これを先生に理解してもらうためには、どう説明すればいいだろうか。いや、さすがに先生でもそれぐらい察しは――。

――なぜあのふたりがお付き合いをしていると、ふたり同時に推測できたのだろうか。

何を質問されるか想像できてしまい、うまく説明できる自信がなくなってしまった。

「ショーマ」

「痛《いて》っ――ちょ、リュウさん⁉」

隣に並んだ先生が、眞田さんに肩から体当たりした。

「大人げないぞ」

「どっちが大人げないんだよ――」

よほど悔しかったのか、先生はまた肩から眞田さんにぶつかっていた。

「なぜ俺だけ共有できない」

「――危なっ！　なにやってんの！　ここ、階段だから！」

申し訳ないけど、先生は眞田さんにお任せするとして。

田端さんと矢ヶ部さんに関する仮説が、脳内で止まらなくなった方が問題だった。

▽　▽　▽

さすが法務部というか、岸谷さんというか。

あのクレーム常習犯を一階の応接室で、どうやって懐柔したのか詳しくは知らない。

分かったことは、所要時間は約一時間。警察を呼ぶこともなく、お引きとりいただいたということ。でもキチンと顧問弁護士の先生には今日の出来事を報告し、いざという時のための資料をまとめておいたということ。

そしてクレーマーがライトクを出て行ったあと、矢ヶ部さんが脳循環不全《のうじゅんかんふぜん》――つまり脳貧血で倒れてしまったけど、二度目なので比較的落ち着いて対処できたということだった。

「矢ヶ部さん、辛かっただろうなぁ」

パンプスからトレッキング通勤シューズに履き替え、ジップを上げながら考えてみた。

先生が言うには、脳循環不全は脱水などでも起こるけど、自律神経反射――つまり緊張で血管が急速に縮んで血が回らなくなっても起こるし、逆に急に安心して血管が開いて脳から血液が一気に体へ下っていっても起こるという。

だとすると矢ヶ部さんは社内救急要請の第一号になってしまった時も脳貧血だったし、心身症状として脳貧血があるかもしれない。などと、医師でもないのに勝手に想像してしまうのは良くない。もちろん本物の貧血や他の疾患が隠れていないか、帰る間際に先生が採血していたし、明日には脳波検査もするようなので、ここからは先生にお任せだ。

そんな予想外の処置があったにもかかわらず、ライトクの玄関を出たのはまだ明るい午後六時前。少しだけ馴染んできたボディバッグ——ではなく、先生が言うところの便利なスリングバッグを肩がけして、四車線の道路を渡るいつもの横断歩道まで歩いて来た時。

「あ……」

この前は眞田さんに後ろから思い切り名前を叫ばれて駆け寄られた同じ場所で、今日は田端さんが信号待ちをしていた。

——これは何か、因果律みたいなものかもしれない。

バカみたいだけど本当にそんなことを考えてしまうほど、確率の偏《かたよ》りに人知の及ばない存在の意志を見出してしまうことがある。今の状況は大型スーパーの福引きで三等のイチゴ1パックを、二日連続で引き当てた時と同じぐらいの「引き」ではないだろうか。ちなみにあの時はそんな確率の偏りのおかげで、それほど好きでもないのに幸運のアイテムとしてしばらくイチゴばかり食べ過ぎてキライになったことは、まだ記憶に新しい。

「あ、あの……」

声をかけようとした時、田端さんは青に変わった横断歩道を急に走り出してしまった。

なんとなく気配を察知して、話しかけられる前に逃げたのかもしれない——なんていう卑屈で幼稚な考えは、その行動を目の当たりにすると恥ずかしさで爆散《ばくさん》してしまった。

横断歩道の向こう側に、白い杖を持った男性が立っていた。四車線の太い車道を渡らなければならないのに、この横断歩道を渡れる時間は比較的短い。そして目の不自由な人のために、音楽が流れることもない。全力で走っていった田端さんはその男性のそばに寄り添い、高々と手を挙げながら一緒にゆっくりと歩いて戻ってきたのだった。

「あとはどちらへ向かわれますか？」

「いえいえ。ここからは慣れたバス停までなので、大丈夫です。ありがとうございました。どうもご親切に、助かりました」

「お気をつけて」

こんな光景を実際に見る日が来るとは思ってもいなかった。

でもこれは少しも珍しいことではなく、田端さんにとっては当たり前の日常なのだ。

「た、田端さん……？　お疲れ様です」

すでにこちらの存在に気づいていたのか、少しも驚くことなく顔だけ向けてくれた。ただ体格が大きいので、どうしても見下ろす姿勢になるのは仕方ないだろう。

田端さんは腕時計をチラッと見てから、いつもの口調で挨拶を返してくれた。

「こんばんは、松久さん」

このあと、矢ヶ部さんと待ち合わせているかもしれない——鋭敏なインパラ・センサーは、そう警告していた。目の不自由な人を誘導して横断歩道を一往復したあと、さらに会社の人間に引き止められたのでは、たまったものではないだろう。

「あ、すいません……お急ぎですよね」

「いえ。こんばんは、と挨拶していい時間か確認しただけなので」

「……え？」

まさかの返答にフリーズしてしまった。眞田さんなら、ここから何と言って話を広げるだろうか。どう返せばこの場に適切なのか、まったく想像もつかない。

やがて真顔のまま無言の時間が流れると、田端さんの口元がわずかに弛んだ。

「……冗談です」

この、わずかに表情を弛めて「冗談です」と返す田端さんを見るのは二度目な気がする。最初はたしか、クリニック課の受付でカウンセリング料の話が出た時だったはずだ。

もしかすると会話がめちゃくちゃ苦手な田端さんが身に付けた、沈黙が流れた時——いわゆる「天使が通った時」をやり過ごすための、無難なスキルなのかもしれない。

しかしそんなことを考えているうちに、横断歩道の信号はまた赤に変わっていた。

「あっ、すいません！　信号が！」

たったこれだけの会話を進めるだけでこの有様とは、相変わらず真剣に要領が悪い。これでよくクリニック課の受付と医療事務ができているものだと、自分でも呆れてしまう。

学生の頃、友だちに誘われたバイト先のカフェでチーフに言われたことを思い出す。

——うん。ちょっと時間の流れが人と違うようだから、他の職種の方がいいと思うよ。

そんな余計なことまで思い出してしまい、トイレが近くなる。

いや、大丈夫なはず。これは心因性の膀胱刺激で、本当にトイレに行かなければならないわけではない、はず。こんな時にこそあのお守り、タオル地ハンカチの出番だろう。

「少し休みますか？」

田端さんにそう言われた時は、まったく意図が分からなかった。

「……いえ、大丈夫ですけど」

「暑い季節になりましたからね」

そこでようやくその視線が、取り出したハンカチに向けられていることに気づいた。

「や、これは違うんです。暑いとかじゃなくて、安心のお守りなので」

「安心……ハンカチがお守り？」

いつも表情の堅い田端さんが、少し困惑しているようだった。

この感じ、話のきっかけを掴んでいないだろうか。

「こういうの、移行対象って言うらしいんです」

「初めて聞く言葉です」

「そうなんですよ。私も先生に教えてもらったんですけど、どうも無意識に——」

移行対象としての「タオル地のハンカチ話」なら、いくらでもできる。もちろん眞田さんがよく言う「リュウさんの受け売りなんですけどね」というやつだ。

お陰で信号待ちも、駅まで話しながら歩くことも、苦にならなくなった。

「手触りが柔らかくなくてもいいんですか？」

「らしいですよ。ストレスがかかった時に情緒を安定させる物として、タオル地とかの柔らかい物が多いらしいんですけど、人によっては本を読むとか日記を書くとか、あとは趣味とかでもいいみたいで」

「ストレス下で情緒を安定させる物……」

「森先生はＤＩＹっていうか物作りですし、眞田さんはオカメインコちゃんたちですね。あとは音楽でも絵を描くでも、それがあれば安心できて、心が穏やかになって、ひとりで居られる物なら何でもいいらしいんですけど、田端さんは——」

そこでようやく我に返った。

田端さんは無表情に前を向いたまま、黙々と歩いている。しかも明らかに気を使って、こちらの歩幅に合わせてくれながらだ。

「——す、すいません。私ばっかり、勝手にしゃべり続けてしまって」

しばらく真顔のまま時間が流れたけど、残念ながら田端さんの表情がわずかに弛んで「冗談です」と言うことはなかった。

やはり、慣れないことはするものではない。どうせこんなことになるのだから、やはり声などかけるべきではなかったのだ。そう激しく後悔していると、無表情に前を向いたままの田端さんはメガネの位置を直し、思いもよらない言葉を口にした。

「おれは最近ひとりで居ると安心できません」

それを聞いても無様に口をパクパクさせるだけで、気の利いた言葉は出てこない。

挙動不審に目が泳ぎ、危うく転ぶところだった。

「心も穏やかになりません」

これこそまさに、先生が知りたがっていたもの——田端さんを【一番不安にさせているもの】への、突破口ではないだろうか。

「ストレス下で情緒を安定させる物も趣味もありません」

そう気づきながら、こちらから何をどう聞けばいいか分からないのは、クリニック課の一員として致命的すぎる。今ならきっと、田端さんの緊張型頭痛を軽くするきっかけが聞き出せるに違いない。ベストの答えではなくても、なにか些細なことでも、なにかヒントになるようなことを聞き出すには——。

「そうですか……それは心配ですね」

ダメ、全然ダメ。

この流れで何に対して何を心配しているのか自分でも文脈の意味が見えないし、ちょっと何言ってるか分からない。

悩んで焦って出てきた言葉がこれでは、本当に明日からクリニック課に顔を出せないレベルで恥ずかしくて情けなくて、このまま「失礼します」とだけ言い残して駅のトイレまで走ろうかと真剣に考えた時——田端さんが、不意に立ち止まった。

「……そうですね。とても彼女が心配です」

こんなワケの分からない会話しかできないヤツに、田端さんは真摯《しんし》に答えてくれた。しかも自分のことを話していたはずなのに、今は間違いなく「彼女」と言ったのだ。

あまりにも驚きすぎてどんな顔になっているか分からないけど、少なくとも田端さんが呆れて話を止めてしまうような間抜け面ではないだろう——と信じたい。

「彼女というのは今年の春に法務部へ異動を申し出た朱莉さんのことです」

今度は、矢ヶ部さんのことを「朱莉さん」と呼んだ。

田端さんの口から驚くことが次々と出てきて、一向に動揺が治まらない。

「あ、あぁ……あれですね、この前……ええ」

「彼女が脳貧血で社内救急要請の第一号になったことはとても心配でした。そして今日まで脳貧血で倒れたこともひどく心配です」

「ですよね……あれは、心配ですよね」

「せっかく久しぶりに食事に誘えたのにおれが台無しにしてしまったことも心配です」

「で、ですよね……あれも、心配ですよね」

「彼女はとても忙しくがんばっています。賞賛に値するとおれは思っています。その中でようやく時間を作ってもらいました」

「でもあれは、絡まれていた女性を助けるために」

「それなのにおれは朱莉さんが喜ぶことを何もしてあげられません――」

そして隣の田端さんはゆっくりと、表情ひとつ変えないままこちらを見下ろした。

「――朱莉さんがこれからもおれと一緒にいて良いのか、とても心配です」

でもその瞳は、何かがこぼれ落ちるのを必死に耐えているようにも見えた。

▽　▽　▽

時刻は午後一時になる、少し前。

場所はクリニック課の診察室ではなく、ブラインドを下げた四階の談話室。小さめの長テーブルを挟んで奥側に、なぜか先生とふたり並んで座っている。

こんな感じでこの部屋に座るのは、これで二回目。前回はグループ・ディスカッション的に、営業企画部の生田さんの心身症状である過敏性腸症候群について説明をした時だ。

でも今回は、あの時とは少し状況が違っている。

「あの、先生……私、受付は……」

「このあと午前の予約は入っていなかったので、大丈夫だ問題ない」

ここで待っているのは、もちろん田端さんだ。

帰り道に田端さんから聞いたことを先生に話すかどうか、ひと晩じっくり考えてみた。田端さんのプライベートなことでもあるし、噂好きな拡散おしゃべり人間みたいなことはしたくない。本当は誰かに話すべきじゃなかったのではないかと、今でもまだ思っている。

でもこれは「治療アプローチ」として、田端さん自身にも有益なものになるのではないかという結論に達し、診療が始まる前にすべて先生に話すことに決めた。

その結果、今日は田端さんに診察ではなく「面談」をすることになったものの。心身症状としての緊張型頭痛に関してはとっくに説明も理解も終わっているため、今日はいわゆる【認知行動療法】的なものになるのだという。

分からないのは、なぜそこに受付事務が同席しているかということ。今回は前回と違い、田端さんと共有できる何かを持ち合わせているわけではない。

「勝手な想像でアレなんですけど……ここには、眞田さんの方が適してないですか？」

「ショーマは恋愛の絡む話には向いていないというか、本人がひどく嫌がるので」

「……そうなんですか」

先生が話そうとしないので、それ以上は聞かなかった。

誰に対してもハードルが低くフレンドリーな眞田さんだけど、言われてみれば相手が女性でも男性でも態度に変わりはなく、良くも悪くもフラットにチャラい。

逆にそれは誰にも踏み込まず、踏み込ませないための、巧みな技なのかもしれない。

「それに、マツさんの同席を打診してきたのは田端さんの方からだ」

「えっ！　なんでですか⁉」

「マツさんのおかげで、いろいろ気づけたらしいので」

何をどう気に入られたのか具体的には分からないけど、自分としてはプライベートな話に首を突っ込みすぎて、むしろ謝らなければならないと思っていたぐらいだ。

「や、違うんです。勝手に自分のことを話しただけで、逆に田端さんの――」

なぜか先生に、じっと見つめられてしまった。

「マツさんは『話され上手』だと思っているので、俺も同席して欲しいと思う」

「……話され上手？」

「なんというか、あれだ……話してもいいかな、と思える『加湿器』というか」

「……そういう雰囲気を出しているとか、緩衝材《かんしょうざい》とか……そういう感じでしょうか」

「そう、それ。俺はそれが言いたかった」

聞き上手という言葉は知っているけど、話され上手なんて存在するのだろうか。

そんな話をしていると、やはり田端さんは午後一時になるピッタリ二分前にやってきた。

「失礼します。十三時に予約している田端です」

「どうぞ、おかけください。今日はマツ——松久の同席で、よろしいですか？」

まずはスラックスの両膝あたりの生地をつまみ、少しだけ引き上げる。それから両手を膝に置いたまま、安全を確認するようにゆっくりとイスに腰を下ろすいつものスタイル。ここでも背もたれには完全にもたれかからず、腰のあたりを軽く当ててるだけだ。

「はい。この前はありがとうございました」

「いえいえ、とんでもないです！　私、なにもしてませんし！」

感謝されても膀胱がヒリついて刺激されるとは、なんとも情けない。でも始まったばかりでの離席はあり得ないし、今日もお守りハンカチにお願いするしかない。

「今日は診察ではなく、田端さんご自身の【認知行動】の現状を理解していただくための『説明会』だと思ってください」

それを聞いた田端さんは、少しだけ不思議そうにしていた。

「……認知行動というのはおれが認知症か何かということですか？」

「まったく違います。心のアッセンブリの不具合を理解してもらう、ということです」

「心の？　では精神科の疾患ですか」

顔色も変えず、疑問をオブラートに包むこともなく、田端さんはそのまま投げかけてくる。たしかに認知行動とか心のアッセンブリとか言われると、誰でもそう思うだろう。

「緊張型頭痛は心身症状ですから、心の関与なしには語れないという意味で、心のアッセンブリという造語を使わせてもらいました」

「なるほど。ではそのアッセンブリの交換が必要なわけですね」

「残念ながら人間の心なので、交換ではなく修理方法の説明になります」

この時だけ、田端さんは少し寂しそうな表情を浮かべていた。

「……おれに理解できるでしょうか。人の気持ちすら満足に理解できないのに」

「原理は簡単です。田端さんなら容易に理解できると思いますよ」

「そうでしょうか……」

先生は気にせず、例によって用意した沢山のＡ４用紙に説明用の図を描き始めたものの、田端さんはまったく自信がなさそうだ。

「心の挙動には、三つの要素がひとつのアッセンブリとして機能している部分があります。その三要素は【考えること】【行動すること】【感じること】であり、このアッセンブリを必要とする心の動きを、大雑把に【認知行動】と理解してもらえれば幸いです」

そう言うと先生は、三つの要素を三角形に並べて書き込んだ。

それ自体は前に聞いた時と同じ形だったけど、今日の説明は医学的というより、少しだけ工学的というか機械的な表現になっている気がする。これもきっと、田端さんに分かりやすいようにアレンジした結果なのだろう。

「なるほど。じゃあ緊張型頭痛が悪くなったのはこいつらのせいですか」

先生は赤ペンに持ち替え、焦らずひとつずつ質問を始めた。

「何度も同じ質問を繰り返して申し訳ありませんが、ご了承ください。あらためてお伺いしますが、最近のお仕事で最も困ったことは何でしたか？」

「型番チェックを見落としたことに気づかなかったことが一番だと思います」

「その結果、最初にどんな【考え】が頭に浮かびましたか？」

いろいろな感情に戸惑ったあと、田端さんはようやく言語化できたという感じだろうか。

「……こんな初歩的なルーチン作業を見落とすはずがないと考えました。あり得ない。なぜあんなミスをしたのか今でも自分が理解できません」

「その【考え】は田端さんの分類上では、ネガティヴなものですか？　それとも、ポジティヴなものですか？」

「ネガティヴです。激しく動揺しましたから」

先生は【考えること】の文字の上に、赤ペンで「負」と重ねて書いた。

「そのように【考えた】時、どんな【気持ち】になりましたか？」

少し間があって、田端さんの視線が机の上に組んだ両手に落ちる。

「とても情けなかったですし……とても不快で苛立《いらだ》ちました。作業工程に関わるみんなに迷惑をかけてしまったわけですから個人の問題では済まされませんし」

聞き終わると、先生は【感じること】の文字の上に赤ペンで「負」と書き加えた。

「そう【考え】て、そういう【気持ち】になったあと、このことに対して田端さんは具体的にどんな【行動】を取りましたか？」

「もちろん確認の強化です。二度と同じバカな失敗を繰り返さないよう何度も確認しました。他の工程でもミスをやらかしているかもしれないので工程をすべて見直しました。そして初心に返ってひとつずつ仕事を丁寧にしたつもりでした」

「その結果、どうでしたか？」

「どう？」

ちらっと、田端さんの視線がこちらに流れてきた。

的を絞らない問いかけ「どう？」に対しては、なんと答えてもいいんですよ——と田端さんに伝えたかったけど、うまく言えないまま話は流れていく。

この場に同席して本当に何か役に立っているのか、どんどん不安になってくる。

「その【行動】の結果、どうなりましたか？　田端さんが考えたこと、感じたこと、何でもかまいません」

少し前のめりに座っていた田端さんが、テーブルの上で組んでいた両手を膝に落とし、イスの背にもたれて天井を見あげ、ため息をついた。

「今までよりひどく時間を食いました……」

「他には？」

「別の工程でも初歩的なミスが出ました」

「他にはどうですか？　思いつくまま、どんなことでもかまいませんので」

質問したのは先生なのに、なぜかまた田端さんはこちらを見ている。どういう理由か分からないので、取りあえず穏やかにうなずくことしかできない。

「……何をどれだけ必死にやっても頭痛が酷くなるばかりで良い結果は出ませんでした」

「するとその【行動】は結果として、田端さんの分類上では」

「間違いなくネガティヴです。なにひとつ好転せず最悪です」

即答する田端さんに、先生は説明用紙を差し出して見せた。

「田端さん。この図を見てください――」

これでA４用紙に大きく書かれていた三つの要素【考えること】【行動すること】【感じること】すべてに、赤ペンで「負」と書かれてしまった。つまり田端さんが考えて、感じて、取った行動は、残念ながら結果としてすべて田端さんにとって「負の連鎖」として繋がってしまったことを明確に示していた。

「なるほど……これが課長の言われていた『心のアッセンブリの不具合』ですか」

「そうです。当たり前すぎて忘れがちですが、人間は『起こった物事』に対して考え、行動し、その結果に対して感情を抱きます。そして時には自らの取った行動を悔やんだり、より良い行動を模索し続けて疲弊したり、自己嫌悪や無力感に襲われたりもします」

無言のまま、田端さんは説明用紙の赤くなったトライアングルを眺めている。

「この三要素すべてが負に傾き、心のアッセンブリが【負の思考】【負の行動】【負の感情】をぐるぐる繰り返し続ける状態を、我々は『負の罠』に陥っていると表現します」

「たしかに……一度はまり込んだら簡単には抜け出せそうにないですね」

「そしてそれを繰り返しているうちに、やがて『まだ起こっていない物事』に対しても【負の思考】【負の行動】【負の感情】が回り始めます。また起こったらどうしよう、また失敗するかもしれない、どうせ無理に決まっている、考えただけで明日を迎えるのが嫌になる——これは広い意味で【予期不安】と言える状態なのです」

「……緊張型頭痛の説明をしてくださった時に言われていた予期不安とはこれのことだったんですか」

「そうです。エビデンスのあるデータはありませんが、むしろこの【思考】【行動】【感情】が、良い方向だけに回り続けているという人間は存在しないと思っています」

「いえ。そういう人はおられると思います――」

ためらわず自分の意見を言うあたり、田端さんと先生はよく似ていると思う。

「――困難を乗り越える努力を惜しまない方やポジティヴ・シンキングの方はたくさん」

「他人からそう見えているだけで、実際は違います」

少し食い気味に、先生が言葉を返す。

ディスカッションはこんな調子が普通なのだろうけど、ふたりを知らない人が聞いたら胃がキリキリしないだろうか。少なくとも間近で聞いている心因性頻尿の人間にとって、これは膀胱に良くない会話の応酬だった。

「そう見えているだけ？」

「はい。心が負の罠に陥った時、それに気づき、その不安を飼い慣らしているだけです」

「飼い慣らす……克服ではなく？」

「不安は永遠に消えることはなく、克服もできません」

そう断言する先生に言葉を返さず、田端さんは少し立ち止まって息を整え、考えを整理しているようにも見える。

「不安を抱くのは、心が弱いからではありません。人間にとって不安は、心を護るために誰もが持つ安全装置《セーフガード》です。不安も迷いもなく前に突き進んでしまう人間など、むしろ他人を巻き込む危険人物でしかないと、俺は思っています」

先生は説明というかディスカッションを止め、ペットボトルのお茶を飲んで黙った。

まるで田端さんが、何かに気づくのを待っているようだ。

「不安を飼い慣らす……それはストレス下で情緒を安定させるということですね？」

先生は黙ってうなずくだけ。

すると不意に、田端さんと目が合った。

「そうでした――」

「……え？」

なぜ田端さんは、口元にわずかな笑みを浮かべたのだろうか。

「――それに関しては松久さんに教えていただいていました」

「え……えっ⁉」

「おれは最近ひとりで居ると安心できません」

その言葉には聞き覚えがある。

間違いない、一緒に駅まで帰りながら田端さんが急に話し始めてくれたことだ。

「心も穏やかになりません。ストレス下で情緒を安定させる物も趣味もありません――おれは朱莉さんのことが心配で不安でたまらないです」

それを聞いた先生まで、妙に穏やかな表情になっていた。

「田端さんが負の罠に陥る直接の原因となったのは、型番の確認漏れというミスかもしれません。しかしそのミスのさらに上流には、飼い慣らせない大きな不安があったのです」

「それでおれはあんな初歩的なミスを……」

「ワーキングメモリがオーバーフローを起こせば、誰でも正常に稼働できないものです」

田端さんと矢ヶ部さんは、付き合い始めて一年ぐらい。ということは経理部でがんばっていた矢ヶ部さんも、意を決して法務部に異動願いを出した矢ヶ部さんも、慣れない法務部で疲れ果てている矢ヶ部さんも——田端さんはその経緯を、すべて見て来たということだ。

そして次第に田端さんの頭の中は自分のことではなく、恋人である矢ヶ部さんを心配する気持ちで一杯になってしまい、ワーキングメモリも一杯になっていたのだ。

これを一方向からだけ見て「恋愛脳」と呼びたい人は、そう呼べばいいと思う。

でも田端さんのことを知れば知るほど、こんなに実直で優しい人が本当に存在するのか疑わしいぐらい——大袈裟に言うなら「やさしさが邪魔をする男」という二つ名を付けてあげたいぐらい、優しい人なのだと断言できる。

「森課長。おれの場合は何をすることが『心のアッセンブリの不具合』を修理することになるのでしょうか」

「なにか予期不安が軽くなるような【行動】をしてみるのは、どうでしょう」

「おれは朱莉さんが喜ぶことを何もしてあげられません」

それを聞いた先生は、ウンウンと理解した風にうなずいたクセに——こちらを見た。

「マツさん個人としては、どうだろうか」

「え——ッ！　私の意見ですか⁉」

まさか先生にこれを期待されていたとは、想定の範囲外にもほどがある。

これはどう考えても眞田さんの方が適任なのだけど、先生が言っていた「本人がひどく嫌がるので」がこの前振りだったことに、今さら気づかされて悔しい。

眞田さんのように、気の利いたことを田端さんに返してあげられるだろうか。

そんな田端さんからの期待の眼差しはあまりにも真摯で、まっすぐすぎて痛い。

「や、あの……そ、そうですね……」

ものすごくトイレに行きたいけど、ハンカチを握って耐えるしかない。そして人生で一、二を争う猛スピードで、準備運動なく脳を回転させるしかない。

なぜならここで何も言えなければ、同席している意味は「無」に等しいのだから。

「……矢ヶ部さん、慣れない部署への異動一年目でお忙しいでしょうし……私の入社一年目なんて酷いもので、家に帰ったら現実逃避に猫型ロボットアニメを観て寝るだけでしたから」

「寝るだけ？　食事はどうされていたのですか？」

「食べたり、食べなかったり……でもやっぱり寝られなくて、深夜にコンビニへ行ったりしてました」

それを聞いた田端さんは、自らひとつの答えを導き出した。

「……じゃあ朱莉さんにご飯を作ってあげることは彼女のサポートになるでしょうか」

それが田端さんの認知行動療法として正解なのか、サッパリ分からない。

さすがにここからは、先生にお願いしたいと目で訴えてみた。

「いいですね。矢ヶ部さんに料理を作るという【行動】で、田端さんの【不安な感情】が和らぐかもしれません」

幸い、情けない体験談はよく分からないまま役に立ったようだった。

「ようやく理解できました。負の罠に陥っているアッセンブリそのものを何とかするのも解決方法のひとつ。しかしその上流にある根源的な不安を解決——ではなく、和らげることも選択肢のひとつだということですね？」

「そうです。それが『不安を飼い慣らす』ということです」

なるほど、たしかに法務部での仕事を直接手助けすることができない限り、田端さんは矢ヶ部さんに対する不安を完全に解消することはできないだろう。

ならば矢ヶ部さんのために何か【行動】してあげる——たとえばご飯を作ってあげることで喜んでもらえれば、田端さんも嬉しいだろう。そうすることで間接的に矢ヶ部さんに対する不安な【感情】が和らぎ、ワーキングメモリにも少し余裕ができるかもしれない。

　すると型番チェックを忘れるような初歩的な失敗【行動】はなくなるかもしれない。すると連鎖的に自信を取り戻し、焦りや自己嫌悪の【感情】も減り、仕事に対する【考え方】もネガティヴなものから脱却できるかもしれない。

　つまり負の罠に陥っている【考え方】【行動】【感情】のどれかひとつに対してでいいので、良い影響を与えるようにする――これが「不安を飼い慣らす」ということなのだ。

「ところで、田端さん。料理は得意な方ですか？」

「まったくの素人です。今日から勉強を始めようと思います」

　なぜか、先生の目がキラッと輝いた。

「ご迷惑でなければ、総工程の少ない時短料理をお教えしますが、どうでしょうか」

「よろしいのですか？　とても助かります」

「では、都合の良い日を」

　妙な角度で意気投合したふたりは、スマホを出してメッセージアプリのＩＤを交換。それをもってこの面談は終了し、少しだけ身軽になったように田端さんは部屋を出て行った。

「……先生。私がここにいる意味って、あったんでしょうか」

　ふり向くと、思い切り真顔になった先生に見つめられていた。

「マツさん」

「は、はい……」

「マツさんにお願いしたいことがあるのだが、どうだろうか」

「どうだろうかと言われても、その……お願いの内容にも、よると思いますけど」

そうしてクリニック課の課長から部下に出された、お願いという名の命令。

それは医療事務の業務から、はずれて欲しいということだった。

【第三話】比べられた咳

最近、この感覚を忘れていた気がする。

駅の改札に向かって続々と出撃していく、ベッドタウンの通勤戦士たち。その流れに逆らって階段を下りる朝七時五十分の、この足の重さ——というか、気の重さ。

きょろきょろっと激昂クレーマーさんがいないのを確認する、気の重さではない。ながら歩きでスマホをいじっている人を上手く避けきれないかもしれないという気の重さでも、左右どちらへ道を譲ろうか迷っているうちに露骨な舌打ちで睨《にら》まれるかもしれないという気の重さでもない。

そういうものすら懐かしくなるほど、今朝の駅から徒歩二十分は気が重かった。

「おはよう、ございます……」

朝の玄関掃除当番の人たちへの挨拶も、吹けば飛ぶほど弱々しい。挨拶は自分にも他人にも意味のあるものだと、最近ようやく思えるようになったばかりだというのに。

「あー、松久さん。おはようございます」

「はよざいまーす。今日、お昼に予約させてもらったんでー」

「は、はい……お待ちしてます」

松久奏己ではない、誰かがお待ちしていると思います——そう考えると無意識に大きなため息が出てしまい、階段を上る足が重くて仕方ない。

クリニック課に医療事務として異動してから、約三ヶ月。いろんなことが緩やかに変わり始めたはずだったし、ここが居場所だと思えるようになっていたはず。

それなのにある日突然、これほど気が重くなる場所に戻ってしまうとは。

「お、おはよう……ございます」

「おはよう、マツさん。そのワンショルダーバッグ、少しは馴染んできただろうか」

先生はいつも通り、涼しげな顔でコーヒーを飲んでいる。

「はい。だいぶ、硬さはなくなってきました」

「奏己さーん。それに付けられるボディ・カメラありますけど、付けませんか？」

始業から終業まで、終日同じテンションでいられる眞田さんもいつも通り。

「大丈夫です。できるだけ、ああいう事態は避けて通りますので……」

でも三人であるはずのクリニック課に、今日は四人目がおいでになっているのだ。

「おはようございまーす！」

キレイに編み込みされた明るいロングヘアーを大きく揺らし、快活な挨拶と共にお辞儀した女性。笑顔も声も眩しいというか、生き物としての鮮度が違うと思った。

「はじめまして！　今日から不定期の短期アルバイトでお世話になります、七木田亜月《ななきだあづき》と申します！」

「はじめまして。医療事務の、松久奏己でございます」

すでにこの圧に押されて、語尾がおかしくなってしまった。なんとも情けない限りだけど、よく考えれば少し前まではこれが普通だったのだ。人間、急に変われるはずがない。

とはいえ――。

これでほぼ同い年の二十八歳とは、不公平にもほどがある世の中だ。事前にある程度のことは教えてもらっていたけど、七木田さんはどの角度から見ても、様々な要素がすべて新卒さんのような若々しさを放っている。制服は自前で持って来られたのだろうか。いかにも受付事務的な白シャツにえんじ色のベストと、膝上スカート。胸元にはリボンまで付けてある。

そんな見慣れぬ制服姿のせいか、新旧の立場が逆転したような錯覚に襲われる。おまけに本来の勤務先では、事務長まで兼任されているとのこと。それは少なからず、クリニックの経営にも関わっているということを意味している。

「こちらが話していた、俺と親交のあるクリニックで医療事務と事務長を兼任されている、七木田さん。たまたまクリニックが内装工事中のため、その間だけ受付業務のお手伝いをお願いしたら、院長先生共々快く引き受けてくださった方だ」

「いやぁ。ヤメてくださいよ、琉吾先生。そんな、堅苦しい紹介は」

琉吾先生——という言葉を聞いて、ショートフリーズを起こした。

この人は、よほど先生と交友のある方に違いない。つまり、正真正銘の医療業界人。でなければ眞田さんと同じ超絶フレンドリーな人で、息をするようにハードルを下げられるスキルの持ち主としか考えられなかった。

「しかしこのような不定期なアルバイトで、かつ医療事務職に慣れている方など、派遣ですらなかなか見つかるものではありません。感謝しています」

駅からひたすら足取りが重かった理由は、これ。

つまり今日から、医療事務を一時的にはずれることになったのだ。

先生からそう言われた時は、総務課に追い返される未来を思い描いて軽く意識が飛びそうになったけど、厳密には受付を「クビ」というワケではなかった。

新しく命じられた、というか兼務をお願いされた仕事——それは「問診係《もんしんがかり》」。なぜそれに選ばれたのか、それがどんな仕事なのか、もちろん理解できていない。そもそもこの世に「話され上手」な存在なんて、本当にあり得るのかも疑わしいというのに。

そんな脳内の葛藤に気づいてくれたのは、相変わらずコミュニケーション・モンスターな眞田さん。すかさず、虫食いになっている七木田さんの情報を補完してくれた。

「あれっスよね。リュウさんと七木田さんの旦那さんって、同じハンドメイド・サークルで仲良くなったんでしたよね」

——なるほど、既婚者。よく見れば、左の薬指に輝く指輪がある。

「そうなんですよ。うちの先生、最初はサークル参加にあんまり乗り気じゃなかったクセに、急に燃え始めたから理由を聞いたら『俺の永遠のライバルが現れた』って」

——うちの先生？

「なんスか、ハンドメイドのライバルって。仲が良いのか悪いのか、分かんないスけど」

「まちがいなく、本人は仲良しのつもりですね」

「強敵と書いて友《とも》と読む、みたいな感じです？」

「ですかねぇ。あの人、ほとんど友だちいないですから、あたしは助かってますけど」

——あの人？

眞田さんの介入は、補完どころか混乱を招いただけだった。

七木田さんは、先生と親交のあるクリニックの医療事務であり事務長さん。そんな七木田さんの旦那さんは、先生と同じハンドメイド・サークルに所属。そして七木田さんの勤めているクリニックの院長先生と森先生も、ハンドメイド・サークルで仲良し。会話の主語は「うちの先生」から「あの人」に推移しているものの、同一人物で間違いない。

ということは、七木田さんの旦那さんがクリニックの院長先生なのだ。

クリニックを家族経営にすれば、人件費は安く済む。

いや、焦点をズラしてはダメだ。

ともかく色々と言葉にできない感情がモヤモヤする要素をたくさん持った、輝ける人《シャイニング》。

それが七木田さんという、やたら情報量の多い女性なのだ。

「松久さん――」

「は、はい！」

そんなこちらの複雑な気持ちは関係なく、七木田さんも距離感の近い人だった。

「――ここの受付機器《レセコン》、うちのと違って最新みたいなんで、使い方のご指導よろしくお願いしますね」

「とんでもないです。私、受付業務を始めて、まだ三ヶ月なんで」

「いいなぁ……」

「……この器械、ですか？」

「違います、違います。あたしも松久さんみたいに、もっとこう……落ち着いてるっていうか、物腰が柔らかい感じ？　そういう『ふんわり系』に、なれたらなぁって」

鋭敏なインパラ・センサーには、それが社交辞令かどうかを瞬時に判断できる機能も付いている。その正答率は、体感的に約八割程度。

しかし今の感じがどうにも社交辞令には思えなくて、さらなる混乱を招いていた。

初対面でこんなことを素直に言える人が、世の中に存在するとは思えない。でもその笑顔に、邪気や悪意——もっといえば姑息さが、まったく感じられないのだ。

「いえ、落ち着いてるっていうより……人生、引き気味なだけなので」

「あたしなんてすぐゴリゴリ前に出ちゃって、バカみたいにガーッて喋《しゃべ》っちゃうんですよ。患者さんにとっては、松久さんみたいな人の方が話しかけやすいと思いますけどね」

「やはり分かりますか、七木田さん——」

いつの間にか、隣に先生が立っていた。

手にしたコーヒーをこぼさず、よくもそんなに素早く移動できるものだ。それ以上に、なぜいつも表情が乏しいのに今はそんなに自慢げなのだろうか。

「——マツさんは『話され上手』だと思い、そちらの仕事をしてもらおうかと」

「あ、それであたしが受付を」

「まずは特別診療枠で導入してみて、効果が実証されたら正式に人員申請しようかと」

「問診って、わりと大事ですもんね」

先生にお願いされた仕事——患者さんへの問診。

それはネットで調べてみると、病院用語では「アナムネーゼ/アナムネ」と言うらしかった。その病気や症状の経過、治療歴だけでなく、家族構成、お仕事の内容や勤務歴、嗜好品から生活習慣に至るまで、患者さんに関係する様々な内容を聞き出すことだった。一見すると病気とは関係のなさそうなことでも、きちんと問診を取っていれば診断が早くついたということは、先生にも苦い経験があるという。

その昔――喘息発作の診断で町のクリニックから紹介入院となった三歳の男の子を担当した、大学病院時代の先生。いくら治療をしても、良くなっては悪くなってを繰り返し、いつまで経っても退院の目処が立たなかったという。そこで何かおかしいと思った先生は、もう一度きちんと問診を取り直してみた。すると発作を起こしたのは、おじいちゃんの家に遊びに行って帰ってきてからだという。もしやと思った先生がその「おじいちゃん」にまで話を聞くと、そのお宅のちゃぶ台にはおじいちゃんの大好きな「ピーナッツ」が、常にお皿に乗せてあるのだという。すぐに先生が行った検査は、胸部CTスキャン――肺の輪切り画像検査と、気管支の3D画像の作成。すると、気道に小さなピーナッツの欠片《かけら》が詰まっていることが判明したのだ。それから診断は「喘息発作」から「気道異物」と「誤《ご》嚥性肺炎《えんせいはいえん》」に切り替わり、無事に男の子は退院できた――という話だった。

それぐらい問診は大事だと力説されて引き受けはしたものの、実際にはそれに特化した「問診係」というポジションなど医療業界には存在しない。言い換えれば、誰がやっても同じ――誰にでもできる業務だと思われている証拠だ。

それでもクリニック課の特別診療枠を受診する患者さんには、時間をかけた丁寧な問診が必要だと、先生は判断したのだった。

「聞けば答えると思われがちな問診ですが、実際には『聞き出す』スキルが必要です」

「ですよねー。よく聞かないと、大事なことなのに患者さんはあまり大事だと思ってなかったってこと、わりとありますもんねー」

すぐに先生と話が合うあたり、やはり七木田さんは新卒などではなく、歴戦の医療事務兼事務長さんだということを実感する。

そんな人に、生後三ヶ月の新人から教えることなどあるだろうか。

「さらに最近感じているのが『話しやすい人』という、聞き手側の雰囲気です」

「それで松久さんを。なんか、わかる気がします」

ふたりは納得しているようだけど、当の本人はイマイチ実感がない。

田端さんがいろいろ話してくれたことを、先生はずいぶん過大評価しているようだけど、別に雰囲気スキル「話され上手」が発動したからというわけではないと思っている。

「やはり分かりますか。マツさんは――」

長くなりそうな先生の力説を、眞田さんがやれやれとカットに入ろうとした時。うまく話を切り上げてくれたのは、なんと今日初めて来たばかりの七木田さんだった。

「そういえば、琉吾先生。このクリニック課って、開院は何分前からですか？」

「――失礼、すでに十分前でした。あとは受付器機の説明などを、マツさんから」

「了解です。いろいろ不慣れでご迷惑をおかけするとは思いますけど、今日一日よろしくお願いしまーす！」

「いや、こちらこそ」

そう言って先生は、ステステと診察ブースに消えて行った。

「……すごいっスね、七木田さん」

眞田さんが、半分呆れたように驚いている。

「え？　なにがです？」

「や、リュウさんのあしらい方っていうか、話の切り上げ方っていうか」

「いやいや。あしらうとか、とんでもないですよ——」

その後光が差しそうな笑顔は、逆に怖い気さえする。

「——それより、松久さん」

「は、はい！」

「一般診療枠と特別診療枠のカルテ、自費と保険みたいに分けておられます？」

「え……あ、それは……」

「あー、これいいなぁ。枝番のカルテ、一括で開けるんですね」

すでに七木田さんは、受付機器のモニターをクリックしながら興味津々だ。

あわてて、ミリタリー仕様のスリングバッグをはずし、パンプスに履き替えたものの。

七木田さんに教えることより、教わることの方が多いのは間違いなさそうだった。

▽　▽　▽

クリニック課のドアが開くと同時に、背筋を正した明るく元気な声が飛ぶ。

「こんにちは！　今日はどうされましたか？」

ドアが開けば「はい、総務部クリニック課です！」と慌てて立ち上がっていたどこかの頻尿女子とは、持ち合わせている反射回路が違う——というか、兵士としてくぐり抜けてきた戦場の数が違いすぎるのがよく分かる。

その度に「これで本当に歳はひとつ下？」と、ため息が出るまでが本日のセットだ。

「あれ……松久さん、は？」

今日はこちらのカウンターで、ショーマ・ベストセレクションの棚を担当しております。

眞田さんのオススメは棚の中段に新設中の「睡眠応援コーナー」です。

ただ、受付を離れてみないと実感できなかった驚きもある。まだ顔しか覚えていない男性社員の方にも、まさか名前を覚えられているとは思いもしなかった。

「本日は、研修中の七木田が受付を担当させていただきます！」

「あ、どうも……はじめまして」

「それでは社員ＩＤを、こちらにタッチしてください」

案の定、七木田さんに教えることはそんなになかった。

受付器機の画面《UI》が違うので、操作や項目の配置場所が分からない程度。それさえ覚えてしまえば、作業スピードは圧倒的に速くて適切だった。なんならプリンターの紙詰まりまでひとりで解除できてしまう、プロの事務っぷり。

教える必要があったのは、レセプト病名からポップアップで呈示される算定項目について「それは算定しません」「それも算定しなくていいそうです」という、クリニック課が営利目的ではなく福利厚生部署だという特殊性だけ。それにも次第に慣れてきて「こういう診療、うらやましいなぁ」と言われて終わるだけになってしまった。

比べてこちらは特別診療枠の問診係としての出番はまだ一度もなく、口腔ケア用品の説明や、大人のミニマル・ハンドリング商品の説明をしているだけ。そういえばまだクリニック課がヒマな頃は、眞田さんもここで「おでんを売ろうか」なんて話していたものだと、懐かしさすら感じてしまう。

逆に言えば自分がヒマで、手持ち無沙汰で、持てあましているということだけど——と考えてから、以前ならこういうヒマで閑散としたポジションを、むしろ歓迎していたことを思い出した。有名な神社のご神木に生まれ変わることを願うほど、何もせずに立っているだけで済む存在に憧れていたことが嘘のようだ。

「……無理して変わろうとしなくても、人って勝手に変わるものなのかなぁ」

「えっ？　なんですか、松久さん」

「や、なんでもないです！」

うっかり口に出てしまうあたり、かなりヒマで緊張感すらなくなっている証拠。

しかしそれも、次にやって来た患者さんで吹き飛んでしまった。

「あの……」

「こんにちは！　今日はどうされましたか？」

クリニック課に入るかどうか入口で迷っている女性は、法務部の矢ヶ部さん。今朝は七木田さんの登場ですっかり頭がパンクしていたので、受付器械の説明を最優先にした。結果、いつものように受診予定の患者さん一覧をじっくり見ていなかったのは完全に失敗だ。

「十一時半に一般診療枠の予約をされてる、矢ヶ部さんですか？」

もちろん七木田さんは、駅前での一件や田端さんとの微妙な関係を知らないので、マニュアル通りに対応してくれている。矢ヶ部さんは初診だけど、予約は一般診療枠。ここは「普通の問診」を七木田さんにお願いして、あとは先生にお任せするのが無難だと思う。

どう考えても、特別診療枠担当の問診係が出る幕ではない。

でも、それはダメだとインパラ・センサーが囁《ささや》いていた。

「……やっぱり、いいです」

半身しかクリニック課に入っていなかった矢ヶ部さんは、なぜか帰ろうとしている。

「えっ？　キャンセルで、よろしい――」

　さすが歴戦の受付兵士である七木田さんは、その微妙な空気の流れを素早く察知。こちらに視線を送りながら、穏やかな笑顔で受付を離れた。

「――今日が初めてのバイトなので、いつもの松久さんに代わりますね」

「な、七木田さん……？」

「すいません、急に。ただなんとなく、この方は松久さんの方がいいと思ったので」

　この以心伝心というか、インパラ通信を受け取ってもらえたのには驚きだ。やはり七木田さんは眞田さんと同類か、何か別の特殊なセンサーを兼ね備えているに違いない。

「こんにちは、矢ヶ部さん」

　たった三ヶ月なのに、受付に戻るとすごく落ち着いた。やはりクリニック課への帰属意識は、間違いなく定着しつつあったのだと実感する。

「あの、別に受診する気は――ケフッ、カフッ――なかったんで――コフッ」

　言葉の途中で、矢ヶ部さんは口元をハンカチで隠して咳《せ》き込んだ。

　この症状だと普通に病院を受診してもいいようなものだけど、どういうことだろうか。

「そうなんですか」

　それなのに、問診係を仰せつかっている人間の返しがこれだ。

　先生の人選と判断は、本当に間違っていないか不安でならない。

「ちょっと、友だちが心配して——ケフッ、ケッフン——受診しろって言うから」

その友だちとは田端さんのことなのか、今はどうでもいいだろう。そこまでは分かるのだけど、このあと受診を勧めたいものの、そのためには何と言えばいいものやら。

「あ。マスク、ありますよ？」

「……え？」

「不織布《ふしよくふ》で肌が荒れなければ、受付でお配りしているものがありますので」

会話の選び方は間違っていないと思うけど、だからといって話が進んでいる感じはない。もっと、矢ヶ部さんが受診したくなるような話をしなくては。

「すいません。ちょっと今日、持って——ケフッ——来るのを忘れちゃって……あとで買い——カフッ、カフッ——ますから」

「それよりその咳、大丈夫ですか？」

「わたし、法務で相談窓口を——コフッ——してるので、ちょっと咳き込む——」

やはり、引き返そうとした理由が分からない。

一度は言葉を止めないと、咳が止まらない状態だ。業務的にも相談窓口であれば、なんとかしたい状態のはず。それ以前に、気管支炎や肺炎などが心配ではないのだろうか。

「——すいません。咳き込んじゃうと、このご時世——コフッ——ちょっと、まずくて」

咳エチケットに始まり、今では感染エチケットとして受診が勧められている。何事も程度問題だと思っているけど、今の矢ヶ部さんはどう考えても受診するべき状態だろう。

「そうだ。今度から、クリニック課でレントゲン写真も撮れるようになるんですよ」

「レントゲン？」

「放射線撮影なので、どうしても建物内では検査できなかったんです。でも先生と社長が健診用の『特殊車両』を導入しようかという話になったらしくて、明日はお試しで裏の駐車場の一画にやって来るんです」

「あぁ……なるほど」

「これで今までより、もっと病院らしい検査もできるようになりますね」

「……そう——ケフッ——ですね」

なんだろう、このまとまりのない会話は。けっきょく矢ヶ部さんに何が言いたいのか、どうやって受診させようとしているのか、自分でもまるで話の方向性が見えない。

すっかり七木田さんにも呆れられているものだと思っていたら、意外にもウンウンとうなずきながら遠目に感心されていた。

そうこうしているうちに先生が痺れを切らしてしまったらしく、モニター上はまだ【予約】のまま変わっていないのに、診察ブースから顔を出してきた。

「こんにちは、矢ヶ部さん。ここからでも分かるほど、ちょっと辛そうな咳ですね」

「えぇ、まぁ……」

「症状のお話を伺いながら、診察させてもらってよろしいですか？」

「……はぁ」

それでも受診に乗り気ではない理由とは、何だろうか。

「もちろん、診療は強制ではないです。なかには『社内の顔見知りには話しづらい』『知られたくない』と仰る方もおられますし」

「そうじゃないんです――コフッ――わたしは逆に、ありがたいとは思うんですけど」

「咳という症状は非常にありきたりですが、きちんと『咳嗽《がいそう》・喀痰《かくたん》の診療ガイドライン』というものがあるぐらいの、歴とした症状です」

矢ヶ部さんは、咳き込みながら少し考えていた。


「でもこの咳、家ではまったく出ないですから……」


それを聞いた先生の表情に、わずかだけど変化があった――ような気がする。

「ではそのあたりも含めて、症状の経過だけでも聞かせていただけませんか。何かのお役にたてるかもしれませんので」

ようやく矢ヶ部さんは、受診することを決めたらしい。

先生と一緒に診察ブースに入っていく姿で我に返り、慌てて受診の処理をした。

「やっぱり、すごいですね」

隣で七木田さんが、腕組みをしたまま感心していた。

「そうなんですよ。なんだかんだで、先生は――」

「いやいや。琉吾先生も医者っぽくなくて、すごいなぁとは思うんですけどね。あたしがすごいなと思ったのは、松久さんです」

「――え。私ですか？」

「だって結局、さっきの方が最初に足を止めた理由。松久さんと、お話をされたからじゃないですか」

「や、あれは……どう見ても先生が」

「そもそも受付があたしだけだったら、あの方はあのまま帰られてたと思います」

「……そうでしょうか。大した話もしてませんし、何の話がしたいのやら自分でも」

「よく思い出してみてくださいよ。話し出したのは、矢ヶ部さんの方からですよ？」

「でしたっけ……」

「そうですよ。松久さんは、挨拶と相づちを打たれただけですって」

七木田さんはそんなことを、よく見ていたものだ。今まで周囲の観察や危険察知には自信があったのだけど、クリニック課に来てから鈍ったのかもしれない。

ただ改めて言われると、本当に大したことをしていないのがよく分かって微妙な気分だ。

「でも……それはまだ七木田さんが今日初めてで、慣れておられないからでは」

「いやぁ、雰囲気だと思いますね。松久さんの」

やはり、踏んでいる場数が違うのだろう。こうやって真正面から見つめられるだけで、まるで上官に褒められた部下のように嬉しくなってしまったから不思議だ。

「で、しょうか……」

「琉吾先生が松久さんを『問診係』に指名した理由、なんとなく分かった気がします」

初対面の人から露骨に褒められているのに、ここでもインパラ・センサーは「社交辞令反応」を検出しなかった。これはちょっと修理点検が必要なレベルの故障かもしれないけど、もちろんメンテナンスの方法なんてあるはずがない。

そんなことを考えていると、矢ヶ部さんの【診察中】マークの隣に、ポコポコと検査チェックや予約がやたらと付き始めた。先生がずいぶんたくさんの検査をする時は、それが除外診断――その病気では**ない**ことを証明したい時であることが多い。

ということは矢ヶ部さんの咳は、先生が診察してパッと思いつく病気ではなかった可能性が高いということだ。

「あー、これ……喘息とかの、アレルギー系も疑っておられるんですかね」

七木田さんは、検査項目からも疑い病名が繋がるようだ。

「そうなんですか？」

「それらしい処方も出てますけど、ここでは成人喘息系の加算ってどうされてます?」

もちろん、その質問に答えることはできなかった。

▽　▽　▽

七木田さんは、毎日ライトクにやって来るわけではない。

あくまでも不定期のバイトで、受付を空けなければならない日——特別診療枠に初診の患者さんの予約が入っている日だけお願いしている。

つまり、今日のような日だ。

「じゃあ、七木田さん。すいませんけど……」

「はい。行ってらっしゃい!」

笑顔で見送られるのも微妙な気持ちだけど、今はそれどころではない。

時刻は午後一時。本格的な問診は、今日が初めて。場所はいつも使っている四階の面談室ではなく、驚いたことに社食。

そして問診する相手は、なんと矢ヶ部さんだった。

「あの——ケフッ——松久さん。本当に社食で?」

「です、はい……けどこれ、先生からの指示ですので」

「まぁ……聞きましたけど」

そんな顔になるのは、当たり前だと思う。

矢ヶ部さんを悩ませている咳に関して、先生は『咳嗽・喀痰の診療ガイドライン』も参考にしながら丁寧に検査を進めていった。お試しで借りた健診用の特殊車両で胸部レントゲンを撮ったり、ファイバー・スコープで喉の奥を覗いたり、採血で様々な項目を徹底的に調べたり、薬を内服しても改善がないことを確認してもらったり、その検査項目の多さに七木田さんも「さすが福利厚生」とびっくり。保険診療の適応がない検査や処方までクリニック課の持ち出しで行ったけど、どれも基本的には除外診断するための検査——つまり、その疾患ではないことを明らかにする検査となった。

「あ、あ、ランチ代はクリニック課が持ちますので」

「えぇ？　いや、それは——コフッ、コフッ——さすがに」

「いいんです、いいんです。診療に必要な問診ですし、これも先生からの指示なので」

その結果、先生が最も疑わしいと思ったもの。

それが、心因性咳嗽。

つまり心理的ストレスを引き金とする、心身症状としての咳。だからこそ改めて特別診療枠に管理を移行し、もう一度丁寧に問診を取って欲しいということだった。

正直なところ、ストレスで咳が止まらないなんて簡単には想像できなかった。だから矢ヶ部さんの疑うようなこの表情の方が、むしろまともな反応だとさえ思う。

でも営業企画部の生田さんに過敏性腸症候群の説明をした用紙のコピーを見直すと、確かに先生の描いた図では交感神経の矢印は「肺」にも向かっている。その症状として「過換気」や「息苦しさ」などと書いてある、この「など」に含まれるのかもしれない。

「こう言うと、ちょっと――カフッ――あれなんですけど……わたし、いまいちよく分かってないっていうか、たぶん頭では完全に納得できてないんでしょうね」

「何をですか？」

「森課長に、心因性咳嗽って言われても」

今まさに考えていたことを、矢ヶ部さんも考えていたらしい。

十分に納得できていない人の問診とは、何を聞き出せばいいのだろうか。何の話をすればいいのか、先生が問診係に期待していることは何なのか、どんどん分からなくなる。

「そうですよね……」

「たしかに家では咳がほとんど出ないとか――ケフッ、コフッ――寝てしまえば出ないっていうのも、病気としてはあまり聞かないですし……検査が全部陰性で、咳喘息も診断基準にあてはまらないとなると――カフッ――そうなのかな、とは思いますけど」

「……ですよね」

社食が見えてきたけど、先にトイレへ行っておきたい。

でも矢ヶ部さんに「先に行っててください」はダメだろうし、「ちょっとトイレに行ってきますからここで待っててください」もダメだろう。

そう考えれば考えるほど、当たり前のようにトイレへ行きたくなる。いっそ矢ヶ部さんも、一緒にトイレへ行かないだろうか。

「松久さん。こんなメニュー、前から社食に――ケフッ――ありましたっけ」

そんな緊張を少しだけ和らげてくれたのは、社食の新メニュー。それを見た矢ヶ部さんも、マスクを着用しながら首をかしげていた。

「ホットサンド？　え、カフェラテかコーヒーとセット⁉　ないです、ないです。私、毎日社食に通ってますけど、先週までなかったですよ！」

お昼を過ぎて利用者の減ってきた社食の前で興奮していると、奥からわざわざ大将が出てきてくれた。小柄でチョビ髭に作務衣《さむえ》は、相変わらずどこから見ても居酒屋の大将だ。

「らっしゃい、松久さん。どうスか、これ。新メニューなんスけど」

「でも大将、カフェラテかコーヒーって」

「コンビニであるじゃないスか、紙コップもらって自分で淹れるヤツ。あれっスよ」

そう言って指さしたトレーを滑らせていくレーンの終わりには、コンビニで見慣れたコーヒーマシンが設置されていた。

「あっ、いつの間に！　私、ホットサンドセットでカフェラテのホットにします！　矢ヶ部さんは、どうします⁉」

そう言って矢ヶ部さんをふり返ってから、何をひとりで興奮しているのやら急に恥ずかしくなってきた。これでは矢ヶ部さんも、他のメニューを選びづらいだろう。

「す、すいません……つい」

でも表情の硬かった矢ヶ部さんが、目元に少しだけ笑みを浮かべてくれた。

こういう時、マスクで口元が見えないのが残念でならない。

「じゃあ、わたしもホットサンドセット——コフッ——ホット、コーヒーで」

「あいよ。おーい、サンドふたつ。じゃ、そこの紙コップ取って進んでください。席は森さんから予約もらってるんで、あっちの間仕切りカーテンの下りてる『商談席』を」

「……商談席？」

大将が指さした窓際のテーブル席は、周囲からうっすら目隠しをされるように、落ち着いたアースカラーのレースのカーテンが降ろされている。社食の一画にもかかわらず、それだけでなんとなく特別席のように見えるから不思議だ。

「三ツ葉社長が最近、やたら商談相手のエラい人を連れて来るんスよ」

「えっ、社食《ここ》にですか？」

「なんでしたっけ……ランチ・ミーティングって言うんでしたっけ？　晩飯でガッツリ飲みながら仕事の話っていうのは流行《はや》らないって言われるんで、希望を聞いて千円ぐらいの

『接待メシ』を作って出してたんですけど、やっぱ体裁が悪いじゃないスか」

「そうですか？　大将のごはん、なに食べても美味しいですけど」

「いや、ここ社食っスよ？　社長室に持って行きますって言ったんスけど、社食の方がフランクで雰囲気がいいって。だったらせめてパーティションで仕切って、それらしい席を作りませんかって言ったら、コーヒーマシンをレンタルしてきちゃったんスよ」

「え……あの、パーティションは」

「それで『軽食やんない？』って、言われて」

「じゃあ、パーティションは……」

「最初は、なに考えてるか分かんなかったんスけどね。うちのメニューって定食系か、ビュッフェ系ばっかだったじゃないスか。相手さんとかミーティングの時間によっては、軽くつまめるようなモンの方がいい時もあるなって、あとから気づいたんスよ」

「それで、ホットサンドを」

「本当はサンドイッチの方がラクなんスけど、社長がホットサンド好きなんで」

結局パーティションの話はどうなったのか分からないけど、なんとなく大将が自前で準備したような気がしてならない。それぐらい大将が三ツ葉社長に恩を感じているのは、居酒屋を閉じなければならなくなったあの日から変わらないのだと思う。

「なんだったらコーヒーだけでもいい時とかも、あるじゃないスか。だったら秘書さんがドリップで淹れるより、豆から挽いたブラックの方がいい時もあるかなって──」

フリースペースには自動販売機もあるけど、確かに商談となるとダメだろう。実際に今も、カラフルな紙コップでコーヒーを飲みながら話している人たちが数人いる。コンビニでつい買ってしまうあのプチ・カフェ感覚が、社食にあるのは個人的にはとても嬉しい。

「──あ。焼けたみたいなんで、どうぞ」

もう少し大将から商談席エピソードを聞いていたかったけど、今は目的が違うのでまた今度。とりあえず紙コップと焼きたてのホットサンドをもらってレーンを進み、コンビニと同じように「カフェラテ・ホット」のボタンを押してみて、とあることに気づいた。

「でもこれ……後ろに人が並ぶと、ちょっと慌てませんか？」

「松久さんもそういうの、気にする人なんですか？」

「めちゃくちゃ気になります。慌てていろいろやってたら、お財布とかも落としますし」

今度はマスク越しでも分かるぐらい、はっきり笑顔が浮かんでいた。

「ちょっと意外でした。松久さん、もっと落ち着いてて──コフッ、ケフッ──何事にも動揺しない、しっかりした人だと思ってましたから」

「そんな風に見えます──ひゃっ！」

「大丈夫です⁉」

言われた先からつまずき、危うくトレーごと床にぶちまけるところだった。

運ぶ時はテーブルに着くまで、ひたすら集中するという基本を忘れてはいけない。こんな人間のどこをどの角度から見れば、落ち着いてしっかりした人に見えるのだろうか。

やはり人の見た目なんて、あてにならないのだ。

そんなことを話しながら、予約してもらっていた「商談席」の間仕切りカーテンをくぐると、ちょっとした個室感があった。元から窓際のテーブル席ということもあり、社食とは一線を画すこの雰囲気は、大将のイメージした通りになっていると思う。

「ここ、すごいですね。社食なのに、ちょっと特別な感じが」

「法務でも、使わせて——カフッ、ケフン、ケフッ——もらおうかな」

ただ、大きな問題が残っていた。

今日の目的は、新設の商談席で新メニューのホットサンドを食べて、評価レビューをすることではない。ここから何かを話しかけ、問診を進めなければならないのだ。

何でもいいから、何か前振りのような話題を——。

「——ヤケド、しないですかね」

「……え？」

ちょっと何を言い出すのやら、自分でも分からなくなってきた。少なくともこれが先生に見出されたスキル「話され上手」とは、とても思えない。

いや、良い方に考えれば「話され上手」なので、相手が話しかけてくるのを待てばいいだけなのかもしれない。ただそれだと待っている間の沈黙が、ちょっと膀胱に良くない刺激を送ってくるので困るのも事実だ。

「あ、すいません。なんとなくなんですけど、かじったら中から熱いチーズが出てきて、歯ぐきの裏をヤケドしないかなって……まぁ、チーズが入ってるかどうかも分からないんですよね」

チーズが問題ではないことに気づいたところで、今さら手後れだろう。

でも幸いなことに、矢ヶ部さんは気を悪くしていないようだった。

「森課長が社食の商談席を選ばれた理由、分かるような気がします」

「そうですか?」

「ぜんぜん診療っぽくないっていうか、ランチおごってもらってるだけですよ、これ」

「ですよね……食べ終わったら、帰っていいんですかね……」

「いやいや。わたしが言うのもあれですけど、さすがにそれは——ケフッ、ケフッ、ケフッ——ダメだと思いますよ」

矢ヶ部さんに笑われながら、自分でも恥ずかしくなってしまった。

「あの、矢ヶ部さん。マスク、はずしてもらっていいですよ?」

「え……でも、咳が」

「だってその咳は感染症じゃないって、先生が除外されたワケですから」

それでも少し抵抗があったのか、しばらく考えてから矢ヶ部さんはマスクを外した。こんな調子で社内相談窓口の業務に就くのは、大変だったと思う。

そんな矢ヶ部さんは熱いチーズを恐れることなく、ホットサンドをひとくちかじった。

「ほら、松久さん。大丈夫みたいですよ」

「……なにがです？」

「チーズ、出てきませんから」

「えっ⁉」

「なんか、冷めるのを待ちそうな気がしたんですけど……せっかくのホットサンドなので、少しぐらい熱い方が美味しいですし」

「す、すいません！」

カッと顔が熱くなった。

これではまるで、何から何まで姉に面倒をみてもらわないといけない、ダメな妹状態。たしか矢ヶ部さんは二十六歳だし、バリバリ医療事務の七木田さんは二十八歳。こっちは二十代とお別れするというのに、こんな調子でいいのだろうか——いや、良くない。

これを反語と言えるかどうかなんて考えているあたり、すでに脳が逃げの態勢に入っているのは明らかだった。

「わたし、妹がいるんですよ」

コーヒーに口をつけ、またひとくちホットサンドをかじって窓の外を見た矢ヶ部さん。

ありがたいことに、これでもう少し話を続けられそうだ。

「あ、やっぱりそうなんですか」

「え、姉っぽいです？」

「……や、私がダメすぎるだけなんですけど」

ようやく安心してホットサンドにかじりついた時、矢ヶ部さんがため息をついた。

「わたしの妹……昔からなんでも、わたしよりできるんです」

「そう、なんですか……」

できる妹、というのはデリケートな話題だと、インパラ・センサーが囁いている。

「松久さんって、ご兄弟は？」

「いないです。ひとりっ子なので」

「いいですね……うらやましいです」

実際に兄弟姉妹がいる人の気持ちには、決して安易に賛同も否定もしないようにしている。なぜなら良いところも悪いところも、すべて勝手な想像でしかないのだから。

「わたしと妹は、昔から何でも比べられてきました。成績、運動、習いごと……果ては友だちから趣味まで、母はいつもわたしと妹を比べる人でした」

「趣味……？」

そんなもの、比べる基準がないと思うのだけど。

「光莉《ひかり》はえらいね、よくできるね――あ、妹の名前ですけど――光莉は器用なんで、ピアノもそこそこ弾けたんです。でも、わたしは全然ダメで」

「私も楽器は、全然ダメですね。口笛も吹けないです」

矢ヶ部さんは口元にだけ、わずかに笑みを浮かべてくれた。

話はどんどん「問診」から外れている気がしてならないけど、どうすることもできない。挙げ句に、矢ヶ部さんのため息は大きくなるばかり。

ただ、なぜか咳き込みだけは止まっていた。

「これ、長女あるあるらしいんですけど……『大丈夫?』って聞かれると、大丈夫じゃなくても『大丈夫』って答えちゃうんですよ」

「……そうなんですか」

大丈夫じゃない状況にならないように逃げ隠れしてきた人間からすると、それはとてつもなくしんどい状況。どうりで矢ヶ部さんが、ひとりっ子を羨ましがるわけだ。

「ライバルは妹、っていうわけじゃないですけど……ひとり暮らしをするまで、必然的に『妹よりがんばらないと』っていう気持ちと焦りは、常にあったと思います。勉強、運動、ピアノがダメでも、料理や掃除なら……そう思って中学生の頃から友だちと遊ぶより、家事手伝いを優先して家に帰ってました……」

いつの間にかホットサンドを食べ終わっていた矢ヶ部さんは、コーヒーの紙コップに口をつけたまま、窓の外をぼんやりと眺めていた。

「……大変でしたね」

「だから就職は、チャンスだったんです――」

不意に、矢ヶ部さんの視線が戻ってきた。

でも、その目は悲しそうだった。

「――妹より、三年も早く社会人になれるんです。高校受験も大学受験も妹には負けてしまいましたけど、所詮は学生じゃないですか。就職して家を出て自立しましたし、社会では『比べられること』の範囲も広いし、勝ち負けなんて人それぞれじゃないですか」

「そうですよね。それに、勝ち負けだけじゃないですしね」

それに対して矢ヶ部さんは、何と答えていいか分からないようだった。きっと「逃げる」という選択肢なんて思いもつかない、真面目でまっすぐな人生だったのだろう。

「だから経理の仕事をがんばって覚えて、何とか三年でそつなくこなせるようになって……それでようやく、光莉の就職は心から祝えると思ったんです」

今までずっと比べられていた矢ヶ部さんは、妹さんの高校入学も大学入学も素直に喜べず、心から「おめでとう」とは言えなかったのだ。

逆に言えば幼い頃からそれだけ比べられ続けて、よくも自暴自棄にならなかったものだと驚いてしまう。妹さんを妬んで嫉《そね》んで悪意を募らせても、同情の余地すらある。それでも心のどこかで矢ヶ部さんは、妹さんに素直におめでとうと言いたかったのだ。

どれだけ妹さんと職種が違っても、たとえ初任給の額が違っても、矢ヶ部さんだって立派な新卒入社の社会人四年目だ。はっきり偏差値という数字で線引き評価される受験とは違い、ようやく割り切れるようになったのではないだろうか。

「妹さん、今年就職だったんですね」

でもコーヒーの紙コップに両手を添えたまま、矢ヶ部さんはうつむいてしまった。

「……妹は、公認会計士の試験に合格して就職しました」

「あ。それは、おめで――」

はっとして、なんとか言葉を飲み込んだ。

ここでようやく、インパラ・センサーが反応した。皮肉にもそれは妹さんと比べ続けられてきた矢ヶ部さんにとって、全然おめでたいことではないのだ。

「いいんですよ、松久さん。光莉にとっては、すごくおめでたいことなんで」

三年で経理部の仕事をそつなくこなせるようになるのは、なかなかの努力家だと思う。実際に矢ヶ部さんが異動願いを出した時、部署は騒然としたらしい。パワハラやセクハラなどがあったのではないかとまで噂され、法務と人事から個別に聞き取りが入ったほど。

でも本人も否定するようにハラスメントは一切なく、むしろ人間関係は良好だった。

「じ、じゃあ……法務部への異動願いって」

「わたしがどれだけ経理部でがんばっても、それだけじゃ認められないじゃないですか」

「そんな……三年で経理部の仕事がこなせるだけでも、十分に」

「たとえ今から努力して公認会計士の資格を取ったとしても、光莉に遅れて並んだだけじゃないですか」

間違いない。矢ヶ部さんの法務部への異動願いは、キャリア・アップのためではない。公認会計士になる妹さんと経理部の自分を比べた時に出した、苦肉の策だったのだ。

「ラッキーなことに、社長は『何事も試さずには否定しない』って仰ったじゃないですか。それって、わたしにとって……最後の、チャンスじゃないですか……」

「矢ヶ部さん……」

「でも……行政書士を目指して異動しましたけど、異動早々に倒れちゃうし……メンターの岸谷さんには迷惑をかけっぱなしの、ただのめんどくさい女だし……わたしの努力が、足りないばかりに……」

「や、違いますよ。努力とかじゃなくて、経理と法務って完全に業務内容が違いますし」

そこで矢ヶ部さんが、ずっとうつむいている理由がわかった。

なんとか、涙に気づかれないようにしたかったのだ。

「いえ、わたしの努力不足だと思います……仕事に、行きたくなくて……寝る前に、泣きながら目覚ましのアラームをセットするなんて……これじゃあ何のために異動させてもらったのか、わからないじゃないですか……」

登校困難も出社困難も、なった人にしか分からない感情がある。

あれは決して、登校拒否でも出社拒否でもない。行こうとするのに体は動かず、泣きたくないのに涙が出るものだ。それなのに矢ヶ部さんは体のバネが折れて弾《はじ》け飛ぶのを覚悟で、寝る前に目覚ましのアラームをセットしている。

それだけでも賞賛に値するのに、決して誰にも褒められることはない。

なぜならみんながで きることは、他の誰もができなければならないという、目に見えないくせにどんな鎖よりも強くて重いルールがあるから。しかもそんなことには気づくことさえなく生きている人が、すぐ近くに沢山いるからだ。

「や、矢ヶ部……さん……」

あまりにもその気持ちが分かりすぎて、情けないことに先に涙をこぼしてしまった。

「……松久さん？」

本当に自分が情けない。

でも悲しくて、涙が止まらない。

「そんなに自分を、責めないであげてくださいよ——」

気づけばカーテンで間仕切りされた商談席で、ふたりして声を殺して泣いていた。

こんなの、ぜんぜん問診とは言えない。

でも矢ヶ部さんには、どうしてもこれだけは伝えたかった。

「――自分だけは、自分の味方でいてあげてくださいよ」

▽ ▽ ▽

あれから三日――。

あの社食での話のどこからどこまでが問診になるのか、境界線が分からなかった。仕方ないので聞いた話をすべて先生に伝えると、それは延々とカルテに打ち込まれていった。ちょっと気になったので文字数カウントをかけてみたところ、なんと驚愕の三千字超え。四百字詰め原稿用紙にびっしり文字を埋めたとして、なんと七枚を超える文量だ。

そんな矢ヶ部さんの診断は、異動に伴う過度の緊張とストレスが原因の、心因性咳嗽で間違いなさそうだということに落ち着いた。

「……大丈夫かな」

先生が言うとおり、心身症状は何でもありなのだと、つくづく痛感する。

しかも営業企画部の生田さんの過敏性腸症候群や自分の心因性頻尿は、子どもの頃からの症状。だけど眞田さんのストレス性じんま疹や先生の不整脈は、職場やストレスの環境によっては出ないままのことがある。ところが矢ヶ部さんは今まで出たことのなかった心身症状が、この歳になって初めて出るようになったのだ。

こんなに好き放題で何でもありの心身症状を、矢ヶ部さんは納得できるだろうか。

そもそもこの心身症状に対する治療とは、どうすればいいのだろうか。

「奏己さん、飲みます？」

眞田さんから差し出されたのは、銀色の見慣れた「森永ｉｎゼリー」だった。

先生と矢ヶ部さん、そして矢ヶ部さんの希望で同席することになった田端さんを四階の談話室に見送ったあと、受付カウンターでなぜかポッカリと心に穴が開いたような気分になっていたのを、隣にいた眞田さんに気づかれてしまった。

「や、大丈夫です」

「四時ぐらいも、わりと低血糖になりますよ？」

「すいません、ボーッとしちゃって……」

今日はこのあと、特に予約は入っていない。

だから七木田さんも、今日はバイトに入っていない。

いつものように駆け込み患者さん待ちだけど、やはりここは会社内の部署。町のクリニックとは違い、いくら受診者が増えたといっても、毎日残業になるわけではない。

そうなると眞田さんも、薬剤を保管している薬局窓口に張り付いている必要はなくなり、こうして定位置とも言える隣のカウンターで「森永ｉｎゼリー」を飲めるわけだ。

「矢ヶ部さんのことですか」

相変わらず十秒以内で銀色のパックを絞り切ってしまうと、フタをしてポイと捨てた。

「そうですね……生田さんの時のことを考えると、たとえ原因がお仕事だったとしても、結局これからいろいろ仕事ができるようになったら、ストレスじゃなくなるかもしれないじゃないですか」

「おっ、さすが奏己さん。クリニック課の受付が、板についてきましたね」

「や。これは以前、眞田さんが教えてくれたことですよ？」

「……でしたっけ？」

そうやってペロッと舌を出しても似合うから許される眞田さんが、少しだけ羨ましい。

「ただ、お話をぜんぶ聞いちゃったので、このあとどうしてあげるのが一番いいのか気になりますけど……田端さんが同席されてますし、まさか受付の私が面談に同席するのもおかしな話ですし、かといって私に何かできることがあるわけでもないですし……」

そんな問診という「入口」を知ってしまう業務に携わると、どういう「出口」から矢ヶ部さんを出してあげられるのか気になって仕方ない。

田端さんの時はなぜか同席を求められたので顚末《てんまつ》を知ることができたし、生田さんの時は最初の心身症患者さんということで同席できたけど、むしろその方が異例。経過は丁寧な先生のカルテ記載を読んで知ればいいわけで、それが医療事務としては正解だろう。

「ホント。奏己さんって、クリニック課に向いてますよね」

「……そうですか？」

「奏己さん、めちゃくちゃいい仕事したじゃないですか」

「え？」

「問診っスよ、問診」

「いやぁ……あれはただ社食の隅でホットサンド食べながら、お話ししてただけです」

「だから、それ。誰にでも、できることじゃないんですって」

「そうですか？　挙げ句に感極まって、一緒に泣くとか……なにをやってるんだか」

「一緒に泣いてくれる医療事務さんなんて、その辺のクリニックにいます？」

「いや、逆にそんな人いないだろうから恥ずかしいんです。なんでこう、公私の線引きができないのかなって」

「そもそも思ってるほど、プライベートな話に首を突っ込んでなくないですか？」

「でもお母さんとか、妹さんとかの話も出てきましたよ？」

「考えてみてくださいよ。実はお父さんが酒乱のDV夫で、妻とふたりの子どもをシェルターにどうやって無事に逃がすかって悩んでるうちに、なぜかそのDV夫が風呂場で変死体になってたって話じゃないんですよ？」

「な、なんですか！　その不穏な喩え話は！」

そんなにスルスルと口から出てくるぐらいだから、実話かもしれない。

「公私の境界線までは、ぜんぜん距離がありましたってば」

「……なら、いいんですけど」

「自分で思ってるより、奏己さんはこのクリニック課に必要な医療事務さんっスよ」

相変わらずインパラ・センサーには「社交辞令」が引っかかってこない。もちろん眞田さんが社交辞令を使う時は、対外的な時だけだと知っている。ただどうしても自分がそこまでこのクリニック課に必要不可欠な人材であるとは、とても思えないのも事実だ。

「七木田さんなら、もっとうまく問診を取れたのかなぁ……」

つい口にしてしまったけど、これはずっと考えていたことだ。歴戦の医療事務さんなら、もっといい方法で矢ヶ部さんから問診できたのではないかと、今でも真剣に思っている。

それなのに、なぜか眞田さんにヤレヤレな顔をされてしまった。

「まぁそれは、今日このあとで」

「え？　このあと、何かあるんですか？」

それには答えず、眞田さんは笑っているだけだった。

「ともかく。矢ヶ部さんには『自分はこうあるべきだ』『こうするしかない』っていう【強固な思い込み】があることを、まず認識してもらうしかないですね」

「思い込み、ですか」

「【思考の偏り】とも言いますね。スタートが妹さんだったとしても、誰かに認められるために『努力しなければならない』っていう考え方、ある意味『努力していないと不安になる』とか『努力している自分しか愛せない』ってことにも繋がると思いません？」

「……努力している自分しか愛せない？」

できれば努力したくない、できれば逃げ隠れして生きていたい――矢ヶ部さんにはそんな「逃げる」という発想が、やはり最初からなかったのだ。

「その【強固な思い込み】や【思考の偏り】を解除するために、リュウさんなら【考え方】をセルフ・ケアする方法として【自分に優しくする5つの方法】を説明するような気がしますけどね」

ここにきて「自分に優しくする」という大好きなワードが、眞田さんの口から飛び出すとは思いもしなかった。これを言うと、だいたいの人からは「自分を甘やかしている」と説教が始まるので、今まで絶対に言わないようにしていた言葉だ。

「や、やっぱり……自分に優しくしても、いいですよね？」

思わず、身を乗り出してしまった。

「当たり前じゃないですか。なにかっちゃ『社会はおまえの母親ではない』って言われるんですよ？　だったら、自分で自分に優しくするしかないじゃないですか」

「ですよね！」

なんだろう、この生きてきたことを全肯定されている安心感。今ならショーマ・ベストセレクションの商品を、お礼に棚ごと全部買い占めてしまいそうで怖い。

「だから、奏己さんが矢ヶ部さんに言ってあげた『自分を責めないであげてください』『自分だけは自分の味方でいてあげてください』っていうのは、認知行動療法的なアドバイスとして、間違っていなかったんですって」

「よかった……そうなんですね」

「ちなみに【自分に優しくする5つの方法】の中身、知ってます？」

ひと息つくように、眞田さんはコーヒーを淹れて手渡してくれた。

「すいません。ありがとうございます」

相変わらず、息をするように気が利く眞田さん。こんな時でも「ぬるめの牛乳多め」という好みを覚えてくれているのには驚いてしまう。

「その1――似たような状況の友だちにしてあげるように、自分にもすること」

「……困っている友だちを助けるように、自分を自分で助けるってことですか？」

「ですです。ちょっと自分のことを客観的に見てみようよ、酷い状況になってない？　ってことを自覚してもらうんです」

「でも、私……ほとんど友だち、いないんですよね」

「そこは喩えですよ、喩え」

「あ、すいません……」

眞田さんは苦笑いを浮かべて、苦いブラックコーヒーに口をつけた。

「その2——落ち込んでいる時に、自分を責めない」

「まさに、今の矢ヶ部さんですね」

「そもそも人を責めることって非生産的で、なんのアドバイスにも向上にも繋がらないと思いませんか？」

「思います、思います」

聞けば聞くだけ、眞田さんに課金したくなってくる。ユーチューブでチャンネルを開設すれば、普通に万単位の投げ銭《スパチャ》が飛んでこないだろうか。

「その3——間違いを許す」

「あ、あ、そうですよね！　誰だって間違いますもんね！　トライ&《アンド》エラーって言いますもんね！」

「そうですよ。完璧主義って、自分も他人も不幸にすることが多い気がしますね」

「あー、それは……そういう人には近づかなかったので、よく分からないですけど」

何がヒットしたのか、眞田さんは大笑いしていた。

「いいなぁ、奏己さん。護心術《い》を心得てらっしゃる」

「ええ、まぁ……身を守ること＝心を護ること、ですから」

　自分を護ること――それは草食動物が目指す、最良の生存方法。戦いを挑む草食動物は、死を覚悟したものだけ。それは心も身体も同じことだろう。

「その4――どんな些細なことでも、できたらヨシとする」

「どんなことでも、いいんですか？」

「いいですよ。取りあえず、生きてるだけでヨシとしましょうよ」

「そこからですか⁉」

「当たり前じゃないですか。毎日ハッピーに悩みなく暮らしているヤツなんていないんですから、生きてるだけで『大変良くできました』のハンコもらっていいレベルですよ」

「でも……毎日楽しそうに暮らしてる人たちって、いるじゃないですか」

「……ホントにそう思います？」

　急に眞田さんから、表情がストンと消えた。

「はたから見るとそうかもしれませんけど、実際はどうでしょうかね。お金があっても時間がない、お金と時間があっても若さがない。結婚して持ち家があってお子さんが居ても、どれだけ資格を取っても家でサロンを開いても、結局どこかで他人の何かが羨ましい。隣の芝生は青く見えるって、昔の人はうまいこと言ったと思いますよ」

　その根底に共通して流れているのは、人と比べること――つまり自分自身の絶対評価ではなく、他人との相対評価だということではないだろうか。

「そうですね……そういう人たちはきっと幸せで満たされてるんだろうって、決めつけて見てたかもしれません」

「ま、そういう話をリュウさんもしてるんじゃないですかね。そろそろ終わって、戻って来る頃だと思いますけど」

「……あれ？　たしか、自分に優しくする【５つ】の方法って……」

「あー、５つ目ですか。わりとムズいんですけど、気になります？」

「そりゃあ、ここまで聞いたんですから」

「その５——ありのままの自分を受け入れる。どうです？　一番、難しくないですか？」

「……ですね」

よく聞くフレーズで、何かいいことを言った感じの言葉だけど、確かにこれは難しい。容姿、スペック、経歴、性格、趣味嗜好からその他諸々。自分のすべてを「それでいいんだよ」と受け入れられたら、たぶんそのまま成仏できるレベルではないだろうか。

「それ、眞田さんはできるんですか？」

「オレっスか？　レリゴーレリゴーって、カラオケで歌うぐらいですかね」

思わず、じっと眞田さんを見つめてしまった。

「ちょ——そこは、軽く流してくださいよ」

「いや、そうじゃなくてですね」

「……なんです？」

「思い出したんですけど、前に三ツ葉社長が『昇磨くん、わりと得意だもんね』って仰ってたじゃないですか」

「なにをです？」

「だから、こういう認知行動療法的なヤツ」

「……でしたっけ」

「私、興味があったんでちょっとだけ調べてみたんですけど、こういうのって臨床心理士さんとか、精神科の先生のお仕事らしいじゃないですか」

「あー、まぁ……基本的には、そうですね」

「なんで眞田さんは、そんなに詳しいんですか？」

「まぁ、オレの場合はアレですよ。なんて言うか――」

肩で大きく息を吸ったあと、眞田さんはため息をついた。

いつからこんな、無神経な人間になってしまったのだろうか。

ハードルを下げてくれたからといって、むやみに垣根を越えて人の庭に入っていいわけがないことぐらい、分かっていたはずだった。それなのに――。

「――すいませんでした、余計なこと聞いちゃって」

「えっ？　や、別に」

「ごめんなさい。ほんと、私……」

その時、バーンとドアが開いて先生が戻ってきた。

「マツさん。無事に理解を得て終われた——ん？　どうした、ふたりとも」

気づけば眞田さんは、いつもの明るい表情に戻っていた。

「リュウさん。矢ヶ部さんには、どんなアプローチしたの？」

「自分に優しくすることについて説明したが、田端さんと一緒だったおかげか、思ったよりスムーズに理解してもらえたと思う」

「ね、奏己さん。言った通りでしょ？」

この切り替えの速さは、決して真似できないと痛感すると同時に、尊敬に値する。一朝一夕の努力では、とてもコミュニケーション・モンスターになれないのは明白だ。

「ショーマ」

受付カウンターの中に入ってきた先生が、いきなり眞田さんに肩から体当たりした。

「痛《いて》っ——ちょ、リュウさん!?」

「大人げないぞ」

「どっちが大人げないんだよ——」

「なぜ俺だけ共有できない」

なにが悔しかったのか、先生はまた肩から眞田さんにぶつかっている。

もしかすると最近覚えた、先生なりの抗議の仕方かもしれない。

「――子供かよ！　あとで、メシ食う時に教えるから！」

でもなんだかんだ言って、仲がいいことに変わりはないので安心ではある。

「それで、マツさんは何が食べたいと？」

「だから、それを今から聞こうと思ってたの」

ちょっと何を言ってるか分からない。

「え……眞田さん、何のことですか？」

「あれ？　言ってませんでしたっけ。今日は仕事が終わったらリュウさん家《ち》に行って、みんなで宅飲《たくの》みしようって話」

「ぜんぜん、そんな話じゃなかったですよね⁉」

「ショーマ」

「痛《いて》っ――」

気づけばいい感じになっている、こんな職場の一部であり続けたい。

そのために自分にできることは何かと考えると、思わずため息が出てしまうのだった。

▽　▽　▽

ライトクの玄関から、今日は先生と眞田さんと三人そろって帰ることになった。

そこから直線で約二百メートル歩くと、例の横断歩道に辿り着く。そこを渡っても右に曲がらずまっすぐ歩いて行くと、すぐに先生の住んでいるマンションに着いてしまった。

「先生、こんな近くに住んでたんですか？」

このあたりではちょっと目を惹《ひ》く、新しめの五階建てマンション。たしかファミリー向けの賃貸で、ひとり暮らしには持てあます２ＬＤＫタイプが多かったはずだ。

「いや。４月に引っ越してきたばかりだ」

「リュウさんってね。職場まで歩いて行ける距離に住むって、絶対に決めてるんスよ」

「それって、電車通勤が苦手……とかです？」

「いや。どうも昔のクセで、落ち着かないので」

「……クセ？」

「あれなんですよ。大学病院に勤務してた頃、呼び出されれば自宅からなら三十分以内、それ以外なら一時間以内に病棟に到着することが義務づけられてたらしいですよ」

「大学病院って、そんな厳しいルールがあるんですか⁉」

「いや。普通はない」

「……え？」

先生は澄ました顔でさっさとエレベーターに乗り込み、四階のボタンを押した。

家に帰っても、あまり郵便受けは気にしないタイプなのだろう。

「うちの医局に限って、そうだったというだけで」

「あれって、今なら軽く炎上してるよね」

「ただし講師クラスになるか家を買ってしまえば、自宅からの三十分ルールはうやむやにできる。そういう、非常に古いしきたりの医局だったので」

確かに家を買うのに、病院から三十分以内の距離なんて考慮できるはずがない。あとは昇進して講師になって特権を得るしか方法がないとは、ものすごくブラックな医局に思えてならなかった。

「ここだ。どうぞ、遠慮なく」

四階の角部屋に着くと、流れるような動作で玄関のドアを開けてくれた先生。

それをすり抜けるように、眞田さんが一番に飛び込んだ。

「お邪魔しまーっす。うわぁ、久しぶり。引っ越しを手伝って以来だわ」

「少しは遠慮したらどうだ」

「今、遠慮なくって言ったじゃん」

「マツさんに言ったのだが？」

そんなことは気にもせず、眞田さんは廊下の電気を勝手に付けながら上がっていった。慣れているというか物怖《ものお》じしないというか、知らない人が見たらただの仲良し兄弟としか思わないだろう。

「お、お邪魔します……」

実は男性の部屋に上がるのは、これが生まれて初めて。いい歳して緊張することもないのだろうけど、初めて飛行機に乗った時と似たようなこの感覚を、誰かに理解してもらうことはできるだろうか。

きれいに掃除されたフローリングに、カーテンも家具もすべてアースカラーの落ち着いた雰囲気。リビングの天井には大きな球状の暖色灯が吊り下げられ、ムダを削ぎ落としたおしゃれ感が漂っている。間取りは予想通り２ＬＤＫで、キッチンには調味料棚やお玉やヘラなどがきれいに吊り下げられ、明らかに料理をする人だということが分かる。

「その辺に座って、待っていて欲しい。すぐに準備する」

壁際に置かれた大型テレビの前のソファでは、すでに慣れた感じで眞田さんがくつろいでいる。離れてダイニングテーブルの椅子に座るのもアレだし、どうしたものだろうか。

「奏己さーん。『オーバードライブ・クッキング』って、やったことあります？」

「……なんですか、それ」

「二人協力プレイで、料理を素早く作っていくゲームっスよ」

そう言って眞田さんは、勝手にテレビとゲームの電源を入れて遊ぶ気満々だった。

「や、ゲームは……メシまでどれぐらい？」

「リュウさん、ほとんど」

「おまえが希望した炊き込みご飯と厚揚げ牛皿は、昼に戻って仕込んでおいた」

厚揚げ牛皿とは牛丼屋さんのアレに厚揚げが入ったようなものか、とても気になった。

でもその前に、この話がすでにお昼前から進行していたことに気づかなかった方が問題だろう。眞田さんも、もう少し早めに教えてくれても良さそうなものだけど、わざわざ家に戻って料理を仕込んでくれていた先生にも、何と言っていいやら。

「じゃあオレ、つまみに玉子焼き食いたい」

こんな好き放題する弟っぷりを全面に出して、先生の家では許されるのだろうか。

「他には」

許されるらしい。

「ナスとキュウリが、甘酢の大根おろしでアレしてあるやつは？」

「わかった」

「あ、あの……先生」

「ん？　何か食べたい物があれば、食材ストックの許す限り作るが」

「や、そうじゃなくて。何かお手伝いすること、ありますか？」

料理が得意な人から、台所には入って来て欲しくない人もわりと多いと聞いたことがある。ただ、眞田さんの隣に座って触ったこともないゲームで遊びながらご飯ができるのを待つほど、神経は太く作られていない。

「玉子焼きを焼いている間、できれば大根を半分おろしておいて欲しい」

「は、はい！」

正直、助かった気分だった。

「ピーラーはこれで」

「はい」

たぶん、大根の皮を剝《む》く道具だろう。

「おろし金は、これ」

「はい」

金属製の板ではなく、下の受け皿とセットになった長方形だった。

「では、エプロンを」

「は、はい——や、あの、自分で着けられます！」

「そう？」

さすがにエプロンを着けてもらうのは、恥ずかしすぎて耐えられそうにない。おまけに先生の距離感が相変わらず近すぎるのだけど、このキッチンでは逃げ場がないのだ。

「あと、これ」

「……事務用のアームカバーですか？」

「航空パイロット用のグローブにも使われている難燃性の特殊素材なので、袖口に火が付くというキッチンで最も注意しなければならない事故を防ぐことができる」

「すいません……気を使っていただいて」

「最後に、これ」

「手袋……というか、これは」

これを着ければコンクリート壁にパンチしても、拳が傷つくことはなさそうだ。

「ロヌコ製のミリタリー・グローブなので、安心して大根をすって欲しい」

たしかに大根をすりおろす時などは、つい指まですりおろしてしまいそうでビクビクしながらやることが多い。つまり通勤からキッチンまで何でも機能性を重視すると、日常の生活用品はすべてミリタリー装備に行き着くということかもしれない。

そんなことを考えている間に、先生は手際よく玉子を割り溶いているけど、白シャツを着替えるつもりはないのだろうか。

「先生、エプロンとかは……」

「時間が優先なので大丈夫だ、問題ない」

銅製の玉子焼き器に流し入れられ、端に寄せられては、また流し入れられる玉子液。たしか牛乳を少し入れていたと思うのだけど、それがふんわり焼き上げる小技なのだろうか。少しも焼き目が付くことなく、きれいで均一な玉子焼きがどんどん層を増やしていく。

いや、今はそんなことに気を取られている場合ではない。

たぶん聞くなら、三人そろってご飯をいただきながらより、今の方がいい。鋭敏なインパラ・センサーも、そう指示を出している。

「あの、先生」

「どちらかというと俺の玉子焼きは、ほんのり甘口だが？」

「や、そうじゃなくてですね……」

「申し訳ないが、出汁は入れていない」

「や、玉子焼きのことじゃなくてですね……」

手際よく巻かれていった玉子焼きは驚くほどキレイで、すでに火を止められて余熱で形を整えられていた。

「今日って、どういう飲み会なんですか？」

ゴリゴリと大根をすりおろしながら、ようやく切り出すことができた。

クリニック課の開設記念なら、三ヶ月はあまりにも中途半端すぎる。誰かの誕生日でもないし、月締めが終わったわけでもないし、給料日でもない。

もちろん断る理由はない。

でもそのことが、ずっと引っかかっていたのだ。

「……マツさんもショーマと同じで、察しがいいのだな」

「まぁ……眞田さんには、とても勝てませんけど」

先生は焼き終わった玉子焼きをサッと簀《す》巻《ま》きに巻いてキッチンの端に立てかけると、もうひとつ焼き始めた。

「ショーマは、驚くほど察しがいい。俺がまったく気づかないことに誰よりも早く気づき、その先手を打ってしまう」

「ですね」

「そのショーマが急に今日の午前中、マツさんを誘ってうちで飲みたいと」

「私を、ですか？」

どうやら言い出したのは、やはり眞田さんのようだった。

先生は黙々と機械のように玉子焼きを焼いては巻いて、ふたつ目の玉子焼きを止まることなく焼き終わってしまった。

「少なくともマツさんを誘うということは、マツさんに関する何かを察したに違いない。

ただ、何を察したのか俺には分からなかった。さすがに訳もなく男の部屋に同じ部署の女性スタッフを呼ぶというのは、コンプライアンスとしてどうかと思うので、その理由をシヨーマに聞いてみた」

「……眞田さんは、何を察してたんですか？」

玉子焼きが終わった先生は冷蔵庫からナスとキュウリを取り出し、慣れた感じで乱切りにしながら、まな板を見つめたままつぶやいた。

「マツさんは今、何が不安なのだろうか」

「え……？」

「ショーマが言うには、このところマツさんは何か思い込んで——あるいは勘違いをしたまま、不安になっているのではないかと」

気づけば、大根をすりおろす手が止まっていた。

思い込みや勘違いかどうかは分からないけど、不安になっていることは事実。そんなことなど、眞田さんにはずいぶん前から見透かされていたのだ。

「マツさん。大根おろしを、できた分だけもらえるだろうか」

「あっ、はい！」

先生は中華鍋にごま油を回し入れて慣らしたあと、乱切りにしたナスとキュウリを放り込んで、わりと強めの火力で手際よく炒め始めた。

「なぜかショーマは今回に限り、マツさんが何を不安に思っているのか、その推論を俺に言わないので考えてみたのだが——」

さらにごま油を追加して一瞬だけ中華鍋に火が移った直後、今度は用意していた甘酢タレを一気に中華鍋に投入。ナスとキュウリの炒め物は一転して、中華鍋の中でグラグラと煮立てられていった。

「——医療事務の仕事は七木田さんに代わりをお願いできるが、問診の聞き役はマツさんにしかお願いできないと、俺は思った。おかげで田端さんや矢ヶ部さんに対する診断やアプローチを決めることができたので、その判断は正しかったと今でも思っている」

そう言って、先生は大根おろしを中華鍋に放り込んだ。

「先生……」

「そのことをマツさんにきちんと伝える必要があると、ショーマは言いたいのだろう」

もうクリニック課には、不要な人間になってしまったのではないか——。

七木田さんと自分を比べては、少なからず毎日そう思っていた。

本当に眞田さんには、どうやっても勝てそうにない。

「……ありがとう、ございます」

「……申し訳ないのだが、どの部分に感謝を？」

「えっ？　あ、だから——」

そして先生は相変わらず肝心なところで鈍いけど、それを伝える場をこうして一生懸命用意してくれているのだ。

そんな両極端なふたりから心配されていたことを知って、不謹慎にも少し笑ってしまった。嬉しいクセにちょっと泣きそうになると、人間は笑ってしまうのだと初めて知った。

「——当たりです。七木田さんと自分を比べると、やっぱり自分がいなくても世界は回るっていうか、クリニック課は回るんだなって思うと……かなり不安でした」

「それは違う」

「……え？」

「いや、不安になるのは違うという意味で」

「あ……はい」

本当に分かりにくくて、本当にいい先生だ。

「医療事務を外れたことでクリニック課には『不要な人間になった』というマツさんの【考え方】は、別の【考え方】に置き換えれば、新たな問診の聞き役というポジションに『必要な人間になった』ということになるのだが、ここまでは理解してもらえるだろうか」

「は、はい。大丈夫ですけど……」

「……けど？」

「や、中華鍋が心配で」

「大丈夫だ、問題ない」

甘酸っぱい美味しそうな匂いを振りまきながら、ナスとキュウリの甘酢おろし和えが、鉄のお玉でお皿にホコホコと盛られていった。

「それから、マツさん。中にはそういう考え方ができると呈示しても、それを『騙された』『言いくるめられた』と受け取る人もいる。またある人はそれを『気が楽になった』『自分の新しい役割を発見した』と受け取ることもある」

「あ、はい……」

流しで中華鍋を手際よく洗いながら、先生の力説は続いた。

「つまりひとつの出来事に対してどのように【考える】か【行動する】か【感情を抱く】かは決してひとつだけではなく、必ず他にいくつもの選択肢が存在するということが重要なのだが、このあたりも理解してもらえるだろうか」

「……はい、なんとなくですけど」

正直なところすっかり気が楽になってしまって、何だかどうでもいい感じになっている――とは、人として決して言ってはならないと思った。これはとても大事な話なのだから、あとでご飯を食べながら、もう一度聞く機会があれば聞いてみよう。

「そしてその選択肢を決して『ポジティヴかネガティヴか』の二択にするのではなく、自分を一番不安にさせているものを解消できるかどうか――つまり【自分を大切にするための選択肢】であるかどうかが大事なのだが、そのあたりはどうだろうか」

いつもの「何かスイッチの入った先生」になってしまったけど、言いたいことはなんとなく分かった。

ともかく自分を大切にすることを最優先にしていい、ということだろう。

「眞田さんから【自分に優しくする5つの方法】は、教えてもらいました」

簀巻きから玉子焼きを取り出して限りなく均等に包丁で切り分けながら、先生はとても満足そうな笑みを浮かべた。

「そうか。それは良かった」

「ねぇ、リュウさん。なんの話してんの？」

ゲームに飽きたのだろうか、眞田さんがカウンターキッチンの向こうから顔を出した。

「ん？　それぐらい、察してみれば分かるだろう。なぁ、マツさん」

「えっ⁉」

こんなに楽しそうな表情を浮かべる先生は、とても珍しいことだ。

「ちょ、なにそれ。昼間の仕返し？」

「いや、別に」

切り分けた玉子焼きに絞った大根おろしを添えて、眞田さんとは視線も合わせない。

「あのさぁ。なんでそう、大人げないわけ？」

「大人げないのは、おまえの方だろう。ほら、玉子焼きをテーブルに持って行け」

「ねぇ、奏己さん。何の話してたんですか？」

「あっと、それは……まぁ」

先生の言うように、自分を大切にすることを最優先にしていいのなら。

今はこの時間を、心から楽しんでもいいのだと嬉しくなってしまった。

【第四話】そのお部屋は恥ずかしくない

疲れてくると、デジャヴ《既視感》が増えると聞いたことがある。

「じゃあ、七木田さん。すいませんけど……」

「はい。行ってらっしゃい！」

笑顔で見送られたあの光景は、いったい何度目だろうか。前にアニメで観た「ハッ！」と気づいたら同じコンビニから始まるシーンと似ているような気がしてならない。時刻も午後一時だし、場所もまた社食だし、先生に予約してもらっていた商談席に座っている。

ただ違うのは、向かいに座っているのは大柄で表情に乏しい田端さんだということ。そして今日はホットサンドではなく、目の前には可愛らしいお弁当箱があることだった。

「これ、田端さんが作られたんですか？」

「ご心配なく。作る際には『学校給食衛生管理基準』『調理場における衛生管理&調理技術マニュアル』『学校給食調理場における手洗いマニュアル』『調理場における洗浄・消毒マニュアル』を読んで準拠できることはすべて準拠しました」

「そんなに！」

「我が社の大切なクリニック課のスタッフさんを食中毒にするわけにはいきません」

田端さんが真面目だとは知っていたけど、そこまで気を使って作られたお弁当なんて聞いたことがない。

「や、それは……ぜんぜん心配してなかったんですけど」

「いいえ。品質管理に対する責任とはそういうものだと思っています」

そう言われると、技術管理部としては仕方ない——ものだろうか。

ともかく今日の問診相手は、なぜか再び田端さん。これ以上なにを聞き出して欲しいの

か先生の意図もよく分からないし、そもそもなぜ田端さんの手作り弁当の味見をすること

になったのかもよく分かっていない。

「でも、これ……本当に私がいただいちゃって、いいんですか？」

「はい。今日は女性の率直な評価をフィードバックさせていただきたいと思いまして」

確かにお弁当箱の大きさは、女性にちょうどいいサイズ。汁漏れを絶対許さないような

密閉式の取っ手があるのは通勤のためなのか、それをパチンと強めに外さないといけない。

これはどう考えても、矢ヶ部さんを想定して作られたお弁当だと思う。

「わっ、すごい」

まず開けた第一印象は、ご飯少なめで、おかず多めの割合がいい。それから、茶色系の

おかずが少なめなのも好印象だ。焼き目の付いていない、キレイな黄色い玉子焼き。ブロッコリーやパセリではなく、あえて緑はレタスのサラダ。そしてプチトマトの赤。鶏つくねはたぶん手作りっぽいし、しっかり汁気を切った切り干し大根が詰められているので、色んな味を少しずつ楽しむことができそうだった。

「全部、今朝作ったんですか？」

「いえ。前日と今日の朝に分けましたが温度と湿度と時間は適切に管理してあります」

「あ、そうじゃないんですけど……じゃあ、いただきますね」

コーヒーしか手にしていない田端さんが、メガネの奥でまばたきもせずにこちらを見ている。なんとも食べづらいというか、これのどこが問診なのか、やはり理解できない。

でもそんなことはどうでもよくなるぐらい、田端さんの料理にはびっくりした。

「おいしい……」

玉子焼きは先生の家で食べた味とまったく同じもので、冷めてもふんわり、そしてやや甘口。ひとくち大の鶏つくねは焼き鳥屋さんのものほど濃いタレではなく、女性向けといえる味付けかもしれない。そこへ切り干し大根が田舎を思い出させるほどの和風を口の中に広げてくれるし、レタスで巻いた濃すぎず酸っぱくないタルタルソースは、箸休めというか口直しをしてくれる。

「……すいません。なんか、ちょっとずつ全部に箸をつけてしまって」

「女性がお昼に食べる食事としては十段階評価で総合的にはいくつぐらいでしょうか」

食べ方は、全然気にしていないらしい。

ただメモ帳というかノートを取り出すのは、恥ずかしいのでヤメて欲しかった。

「え……これは、十点満点でいいと思いますけど」

「お昼に食べる味としては」

「ガッツリ外回り系の若い方でなければ、私はこれぐらいがちょうどいいです」

「おかずの選択と分量のバランスは」

「いろいろ少しずつ食べられるのは、最高に贅沢ですね」

「みそ汁やスープなどの汁物は付けた方が良いでしょうか」

「どうでしょう……お弁当箱は、これぐらいの大きさがちょうどいいかなって」

「ではフルーツなどを別容器で加えるのはどうでしょうか」

「あー、それは悩みますね。カバンの大きさと、通勤路線の混雑次第じゃないですかね」

「それは大丈夫です。おれが持って来ますので」

何か思いついたのか、忘れないようにか、ノートにガリガリ書き込んでいる田端さん。

間違いない、これは矢ヶ部さんのために作ったお弁当だ。このクオリティで、なぜ味見が必要だと思ったのかまったく分からない。向かいでチョボチョボとお弁当を食べさせてもらっている、これの一体どこが問診なのか、さらに分からなくなってきたのも事実だ。

「田端さん、ごちそうさまでした。とても美味しかったです」

密閉フタをしてお弁当包みを縛っていると、サッと田端さんに引き取られてしまった。

「あっ！　洗って返しますから！」

「それより松久さん――」

そんなことはどうでもいいとばかりに、田端さんは本題に入った。

「――家ではこれより良い状態で料理を作れるのですが女性としては興味ないですか？」

「……え？」

ちょっと、言っている意味が分からない。

「つまりこれらの料理を家で食べることに女性としては抵抗がありますか？」

「ぜんぜん抵抗はないですけど……自分で作るのはムリかな、とは思いますね」

「いえ。誰かに作ってもらう場合」

「あー、作ってもらうとしたら……そうですね、相手次第かもしれません」

「では仲良くなった男女だと仮定してください。どれぐらいの期間があれば相手の家での料理が許されるものだとお考えですか？」

「え……」

これはどう考えても、お弁当に関する質問や相談ではない。どんなに仮定しても、田端さんと矢ヶ部さんの恋愛相談ではないだろうか。

恥ずかしいからなのか、いつもこんな感じだからなのか、もっと率直に聞いてもらってもいいような気がするのだけど——これが田端さんらしいと言えば、田端さんらしい。

「……つまり、相手の家に上がるってことですよね？」

「はい。室内調理です」

確かにバーベキューなら話は別か、と余計なことまで考えてしまった。

「うーん……私自身はよく知らないんですけど、人によって違うみたいですね。二、三回デートしたら部屋に上げちゃう人もいましたし、誕生日とか何かのイベントをきっかけに上げちゃう人もいましたし、逆にすぐ相手の家に上がりたがる人もいましたし……二人の関係性にも、よるんじゃないのかなと」

どれもこれも、実体験じゃないあたりが悲しい。男性にグイグイ来られたことがないというか、グイグイ来そうな気配を察知したら逃げていたのだから仕方ないだろう。

「例えばですが。女性にとって一年目というのは意味のあるものでしょうか」

「お仕事ですか？」

「いえ……あの」

ちょっとだけ田端さんの眉間にしわが寄り、何と言おうか言葉に詰まっている。

なんとも、バカなことを聞き返してしまったものだ。今までの流れから「一年目」といえば、どう考えても「付き合って一年目」という意味しかあり得ないだろう。

「す、すいません。お付き合いして一年目ということであれば、とても意味のある場合が多いと個人的には思っています」

「そうですか」

やはり、こちらの「一年目」で正解だったようだ。

「記念日として、贈り物をされる人たちもおられますしね」

もちろん実体験ではないので、詳細は不明。できれば「聞いた話なんですけど」系の会話は避けたいところだけど、今は仕方ないと割り切るしかない。

ただこれ以上のことを踏み込まれて聞かれると、そろそろ答えられなくなりそうだ。

「では今までの松久さんのお話をまとめると。この料理には問題がない。家に作りに行くことへの抵抗感は個人差。一年目は特別な意味がある場合が多い。ということですね？」

「……だと、思います。個人的にですけど」

そこでなぜか田端さんの視線は窓の外に逸れ、大きなため息と肩を落とした。

「すいません失礼します」

田端さんはポケットから錠剤のシートを取り出し、一錠をコーヒーで飲み込んだ。きっと口にしたコーヒーは、すっかり冷めて苦々しいだろう。

「大丈夫ですか？」

「大丈夫です。課長に処方していただいたジクロフェナクナトリウムを飲みましたので」

腰痛でも飲む消炎鎮痛剤――つまり田端さんの緊張型頭痛は今、頓服を必要とするぐらいの症状が出ているということ。どうやら話してくれたこと――矢ヶ部さんのことについて、あまりうまくいっていない可能性が高いのかもしれない。

まさか先生はこのことに気づいて、田端さんの問診――というよりは個別面談――というほど大袈裟ではないけど、話し相手としてこの商談席を予約したのだろうか。

だとしたらクリニック課の問診係とは、ただの「話し相手」ということになってしまう。

「こんな話で、何かの役に立てるとは思えないですけど……申し訳ないです」

「いえ。とても参考になりました。貴重なお時間をいただいて申し訳ありませんでした」

「とんでもないです。私の方こそ、美味しいお弁当をいただいて」

「……できれば朱莉さんの家で作ってあげたいのですが」

窓の外を見たまま、田端さんの心の声が無意識に漏れ出していた。

こんなによくできたお弁当を断る理由が分からないのだけど、もしかすると矢ヶ部さんは自分より上手く料理を作られて、ちょっと悔しいのだろうか――と考えながら田端さんのお話を思い返してみて、自分が勘違いしていることに気づいた。

「あれ……？」

そもそも田端さんがお弁当の味見をお願いしてこられたのは、料理の腕前を確認したかっただけだろうか。真の目的は、矢ヶ部さんの家で料理を作ってあげたいということに違いない。その証拠に「どれぐらいの期間があれば相手の家での料理が許されるものだとお考えですか」と聞かれた。

しかし付き合って一年経った今でも、なぜか矢ヶ部さんは田端さんを部屋に上げることを、何らかの理由で拒んでいるのだ。田端さんと矢ヶ部さんの仲が、上手くいっていないのかもしれない――このあたりの話を掘り下げて聞くべきだったと、今ごろになって気づくとは、なんとも情けない限りだ。

「最後に大変失礼を承知でお聞きすることをどうか許していただきたいのですが――」

「は、はい!?　なんでしょう！」

急に改まった田端さんのメガネの奥で、その目が真剣さを物語っていた。

「――森課長は今まで疾患の『見落とし』をされたことはありますか？」

その質問に、思考が一瞬フリーズした。

あまりにも今まで考えていた内容とかけ離れすぎた話が飛び込んで来たので、いろんなことが一斉に脳内のあらゆる方向へ無秩序に駆け巡り始めた。

この流れで、まさかの恋愛相談ではなかったというのだろうか。

「え……先生の話、ですか？」

「はい」

「み、見落とし……って、それは誤診ということですか？」

「いえ。誤診ではなく……診断の拾い漏れと言えばいいでしょうか」

確かに先生は一時期、ワーキングメモリがパンクして些細なミスを連発していた。それでも、ハッキリ分かるような誤診や見落としはなかったと思う。そもそも診断を間違えば症状は改善しないだろうから、社内のどこか——とくにトイレの洗面台ハミガキタイムには、少なからず何らかの噂が立ってもいいような気がする。

ただ素人には分からないような見落としなら、患者さんが気づかない可能性も否定できないのは事実。田端さんはそんな何かに、思い当たる節があるというのだろうか。

「申し訳ありませんでした。卑怯なことをお伺いして」

「そ、それは……」

「……卑怯？」

言葉の選択が独特すぎて、ちょっと理解に苦しむ。

「こういうことは森課長に直接お伺いするべきことですよね」

「ちょ——あの、田端さん⁉」

田端さんは立ち上がって一礼すると、お弁当箱を持って去っていった。

表情は乏しいけど、これといって怒っているわけではなさそうだとインパラ・センサーは判断を下している。

でも田端さんが、何かに納得していないことだけは事実。

それが、田端さんの緊張型頭痛を悪くしているのも事実だった。

▽　▽　▽

午後四時半を過ぎると、予約枠は一般も特別も閉じられる。

今日はお昼にお弁当を食べさせてもらいながら、田端さんの相談に——乗れたかどうかは別として、あれで問診係の仕事は終わり。あとは終業まで、駆け込み受診のために用意された時間となる。

つまりここで、七木田さんのバイトも上がりだ。

「じゃあ、みなさん。お先に失礼しまーす！　お疲れ様でしたーっ！」

先生は必ず、お見送りに顔を出す。もしも診察中であれば、申し訳ないけど診察が終わるのを待ってから帰ってもらうぐらい、それにはこだわりがあった。

それは非常勤、パート、アルバイトで、来てもらっているという考えが原点だという。

「お疲れ様、七木田さん。まだ、夕飯の支度には間に合いますか？」

「あ、大丈夫ですよ。うちは全部、あの人がチャチャチャッと作っちゃうので」

「エ……院長先生は、料理も？」

「昔から、ずっとそうなんですよ。でも琉吾先生も料理作るの、好きでしたよね？」

「ええ、もちろんです。得意な部類に入ると思います」

なんとなく先生が、七木田さんの旦那さんと張り合っている気がしてならない。

「もしかして玉子焼きとか、めちゃくちゃ凝りません？　玉子焼鍋は銅製に限るとか」

「よくご存じで。長年、中村《なかむら》銅器製作所のものを愛用しています」

「あ、やっぱり。ほんと先生、うちの人と似てますよね」

「そのあたり、一度お手合わせ願えればとお伝えください」

お手合わせだと料理勝負になってしまいそうなのだけど、大丈夫だろうか。

「じゃあ内装工事が終わったら、うちで何かやります？　ホームパーティー的なやつ」

「是非。望むところです」

やはり、対決っぽい感じが否定できない。

「それじゃあ、松久さん。お先に失礼しますねー」

「あ、はい！　お疲れ様でした！」

足取りも軽く、クリニック課をあとにする七木田さん。その生き生きと揺れる後ろ髪を見ながら、またもや不毛な考えが脳裏を駆け巡る。

――あんなに幸せそうに見える人でも、隣の芝生は青く見えるのだろうか。

反射的に頭を振って【負の思考】をかき消し、眞田さんに教えてもらった【自分に優しくする5つの方法】を思い出してみた。

その1【似たような状況の友だちにしてあげるように、自分にもすること】

こんな人を羨むアナザー松久奏己が友だちにいたとしたら、何と声をかけるだろうか。他所《よそ》は他所《よそ》、うちはうち。鬼は外、福は内。ちょっと何言ってるか分からなくなってきたので、その1はパスすることにしよう。

その2【落ち込んでいる時に、自分を責めない】

自分を責めないというより「比べない」が正解だろうか。比べて羨ましがったところで、七木田さんのようになるためには、それなりの努力と経験が必要だろう。それには時間がかかるだろうし、五年後ぐらいの目標にするのはいいとしても、今の時点で比べて不安になるのは意味がないような気がしてきた。そもそも、向き不向きも考慮するべきだ。少し気が楽になったあたり、これは効果のある考え方かもしれないと実感する。

その3【間違いを許す】

そもそも七木田さんと比べて、自分が何か「間違っているか」を考えてみた。

仕事ぶりは劣っているだろうし、七木田さんのことを羨ましいとは思っている。でも別に、間違ったことはしてはいない気がする。もし間違っているとしたら「羨ましがっていること自体が間違い」なのかもしれない。

羨ましがること自体が間違いなら、羨ましがってしまった自分を許すことにしよう。誰にだって間違いぐらいあるのだから、これも仕方ないだろう。そう考えると、その2、その3と、なんとなくいい感じで自分に優しくできている気がしてきた。

その4【どんな些細なことでも、できたらヨシとする】

眞田さんは「生きているだけでヨシとしましょう」とまで言い切ってくれた。ということは七木田さんと比べてどうのこうの言う前に、遅刻せずに通勤できたことだけで、今日はヨシとするのはどうだろうか。

人に聞かれたら間違いなく「志《こころざし》が低い」「何のために生きているのか」「生きてるだけとか植物かよ」などと、散々な罵声を浴びせられるのは間違いない。

でもこれは口に出して言う必要はないので、誰かに聞かれることは決してない。

毎日起きて、仕事に行けているだけでヨシ。それは生きているからできることなので、やはり眞田さんが言うように、生きているだけでヨシなのだ。

もし仕事に行けなくても、朝起きられたらヨシ、起きられなくてもご飯を食べられたらヨシ、誰とも仲良くなれなくてもヨシ、嫌なヤツの機嫌をうまく取れなくてもヨシ。

逆に生きてさえいれば、何とかするチャンスや逃げるチャンスが、いつか生まれるかもしれない。だいたいどんな映画でも、主人公が生きているからストーリーが続くのだ。それに人生を全米が泣いた興行成績第一位にする必要もないし、そもそも人に観せる必要すらない。

当たり前だけど、生きているだけでいいということを再認識してしまった。

何をやるかなんて、そっちの方が人生のオマケなのだ。

その5【ありのままの自分を受け入れる】

これは難しい。今日は帰りに、ひとりカラオケで「レリゴー」でも歌うべきだろうか。

それもちょっとめんどくさいので、家でダウンロードして聞きながら歌えばいいだろう。

「失礼します」

そんなことを考えていると、不意に入口のドアが開いた。

その顔を見て、ちょっと心拍数が上がってしまう。

「あ……田端さん」

「お忙しいところ申し訳ありませんが森課長にご相談があってやって参りました」

周囲を見渡して、待っている患者さんがいないことを確かめている。

間違いない。お昼に言っていた「こういうことは森課長本人にお伺いするべきことですよね」を確認しに来られたのだ。

「あの……受診ではなくて、ですよね？」

「はい。患者さんの受診がすべて終わるまで待たせていただきたいと思います」

「いや、まぁ……誰もおられないんですけど」

――森課長は今まで疾患の『見落とし』をされたことはありますか？

田端さんの言葉が鮮明に蘇り、嫌な汗と不安でポケットからハンカチを取り出した。

これは医療事務でも問診係でも、対応できる話ではない。

トイレに駆け込むレベルの刺激が膀胱に走り始めた時、ヒマを持てあました先生がタイミング良く診察ブースから出てきてくれた。

「やぁ、田端さん。こんな時間にどうされましたか？」

先生の姿を見るや、田端さんはキチッと四十五度に腰を折って頭を下げた。

「森課長。これは素人の戯言《ざれごと》ですのでどうかご容赦ください」

「どうしたんですか、急に。頭を上げてください、まだ何も伺っていませんよ？」

「自分でもどうしていいか分からず……このような失礼な行動を取ってしまいました」

「ですから田端さん、どうぞ楽にして。ほら、まずは顔を上げてください」

それでようやく、田端さんは姿勢を元に戻した。

でもその眉間には、いつもより深くしわが刻まれている。

「森課長。実は朱莉さんの咳が家でも出るようになりました」

今度は、それを聞いた先生の動きが止まった。

「……家でも？」

矢ヶ部さんの心因性咳嗽も心身症状なので、引き金はもちろんストレスの負荷。先生は咳を主な症状とする疾患を考えられるだけ除外して、そう診断した。

その一番の根拠となったのが「家では咳が出ない」こと。二番目は除外診断で他の疾患が否定されたこと、三番目は社食で話してくれた「努力しなければならない」という矢ヶ部さんが抱えていた【強固な思い込み】による過剰な自己負荷だ。

それなのに家でも咳が出るというのなら、診断が根底から覆されるかもしれない。

——森課長は今まで疾患の『見落とし』をされたことはありますか？

だから田端さんはお昼に、あんなことを聞いてきたのだ。

「もしかすると咳の原因は他にもあるのではないかと素人的にはどうしても考えてしまい……こうして無礼を承知で相談に来させていただきました」

「別に無礼ではないのですが……矢ヶ部さんは、ひとり暮らしをされていましたよね？」

「はい。マンションです」

「ペットの飼育や毛の長い絨毯、あるいはマットレスなどは、お部屋にはないと聞いていましたが、他に何かご存じですか？」

そこで田端さんは視線を逸らし、少しうつむいてしまった。

「……申し訳ありませんが朱莉さんの部屋の中がどうなっているのかを知りません」

ここで、お昼の会話がキレイに繋がった。

田端さんと矢ヶ部さんは、おそらく付き合ってもう少しで一年ぐらい経つのだろう。矢ヶ部さんをサポートする意味でも、田端さん自身が不安を和らげる意味でも、田端さんは矢ヶ部さんに料理を作ってあげたいと思っている。

でも田端さんは実直でそういうことに不慣れな人なので、自分はその資格がある人間＝彼氏として成立しているのか、まずはそこから分からない——あるいは自信がなかったのかもしれない。そして次第に不安は広がり、自分の料理は人に出せる物なのか、彼女の部屋に行って良いものか、普通はどうするものなのか、すべてが不安になったのだ。

恋愛にマニュアルはない。

人の心にもマニュアルはない。

でもそれが分からないからといって、その人を笑えるだろうか。経験不足だ、勉強と努力が足りない、少し考えれば分かるだろうと、薄ら笑いでマウントを取れるだろうか。

たとえ他人の愛想笑いが見抜けても、その奥で何を考えているかは決して分からない。

たとえ話してくれたところで、それが本当のことかも分からない。相手を信じるための接続ケーブルやＷｉ‐Ｆｉが存在しない以上、分かり合うには時間しかない。

そんな時、矢ヶ部さんは家でも咳が出るようになってしまった。田端さんの心配と不安は日に日に強くなり、いよいよ限界に達したのだろう。だから今日、意を決してそのことを聞きに来たのだ。

それらの断片をつなぎ合わせると、すべてが矢ヶ部さんを想ってのことだと分かる。

ただその表現方法が、あまりにも不器用なだけなのだ。

「そうですか。では明日にでも、直接ご本人から聞いてみましょう」

「……朱莉さんはここ三日間病欠しています」

「えぇっ⁉」

先生より先に声が出てしまった。

咳が家でも出るようになっただけでなく、三日も病欠しているのは尋常なことではない。

「三日……？　それはまずいな。ちょっと今から、電話してみます」

「待ってください森課長！」

珍しく、田端さんが大きな声を出した。

でも矢ヶ部さんが心配なら、先生の電話を制止する意味が分からない。

「田端さん。私の診断が間違っていた可能性があります。これは私の失態であり、私の責任です。少しでも早くそれを確認しなければ、矢ヶ部さんは」

「このあと『自費診療』で朱莉さん宅に訪問診療していただくことは可能でしょうか」

その意外な言葉に、先生も戸惑っていた。

「……どういうことですか？」

「おれは朱莉さんの『部屋』に何か問題があるのではないかと考えています」

「確かに、その可能性は否定できませんね。家でも咳が出始めたのですから」

「しかしおれにはそれを確認することはできません」

そこで不思議に思った先生が、田端さんに直球を投げかけてしまった。

「……田端さん？　よく考えれば私が矢ヶ部さん宅に行くより、田端さんが行かれる方が理にかなっているというか、通常は矢ヶ部さんもその方が良いと思うのですが」

「おれもそうできれば……一番いいと思うのですが」

「では今から電話をして、ご自宅に行ってもらえませんか。その様子を私に教えてもらえれば、そこからでも何か少しは推測できるかもしれません」

田端さんの視線は落ち着かず、なんとか良い表現を探している。

でも出てきた言葉は端的で、とても残酷なものだった。

「昨日も一昨日も電話してみましたが断られました」

「……何をです？」

「部屋には来て欲しくないと」

「しかし……実際に、病欠されているのですよね？」

「電話の向こうでも会社と同じように咳き込んでいました」

「どこか他に、かかりつけの病院を受診されているとか？」

「いいえ。どこにも受診していません」

「……どういうことだ」

先生は首を傾けたまま、珍しく眉間にしわを寄せてフリーズしてしまった。

咳が続いて三日も病欠しているけど、付き合って一年も経つ田端さんにはお見舞いにも来て欲しくないのだという。一番シンプルな結論は、田端さんのことを嫌いになったということだろう。

ただ百歩譲ってそうだとしても、他の病院を受診していないのはなぜだろうか。

確かにこれでは、田端さんが先生の「心因性咳嗽」という診断を疑ってしまったのも、無理のないことかもしれない。

「おれが朱莉さんの助けになれなかったのは仕方のないことだと諦めがつきます。料理を作ってあげたい気持ちもただの自己満足で恩着せがましいだけだったのかもしれません。おれはどうにも昔から人の気持ちを理解するのが苦手でしたから——」

表情は変わっていないはずなのに、田端さんの目だけはとても悲しそうだった。

「——お節介だと思われても構いませんしこれで朱莉さんとお別れになっても仕方ないと思っています。ですがこの咳だけは何とかしてあげたいと思っています」

「なるほど、そこまで……」

「電話をしてからでは訪問診療を拒まれてしまうかもしれませんしどこかに出かけてしまうかもしれません。ですから森課長」

すでに田端さんは、矢ヶ部さん宅を訪問して逃げられた経験があるのかもしれない。訪問拒否だけならまだしも「逃げる」とは、一体どういうことだろうか。

「この時間なら、自宅におられますか？」

「おそらく」

先生は大きく肩を使って、息を吐き出した。

「わかりました。お伺いしたいと思います——」

「ありがとうございます！　森課長！」

「——が」

思わず、田端さんと顔を見あわせてしまった。

「会社の部署として、ひとつだけクリアにしなければならない問題があります」

その時、静かに入口のドアが開いた。

「琉吾先生。診療、終わった？」

ふらっと入って来たのは、三ツ葉社長。社内をうろつくにしても、役職を考えればフランクにもほどがあると思う。

その証拠に田端さんは直立不動で、今にも敬礼しそうな気配さえ感じる。

「ちょうど良かった。ミツくん、実は今から」

「あのさぁ、例のレントゲン。健診用の特殊車両のことなんだけどさ」

ふたりは同時に口を開いて、同時に黙り込んでしまった。

なんとも気まずい沈黙が、クリニック課の中を流れる。

「なに？　ミツくん」

「いや、先生からでいいよ」

「いや、普通は社長からで」

「そう？　じゃあ、先に話させてもらうけど――」

取りあえず、不毛な押し問答にならなくてホッとした。

「――健診用の特殊車両を導入するにあたってさ。減価償却で稼働中止になっちゃダメだからとか、運用方法について経営企画室がいろいろ言ってくるんだよね」

「なるほど」

先生が真顔でこのセリフを言う時は、だいたいよく分かっていないことが多い。

「悪いけどまた来週の月曜日、会議に出てくれる？」

「もちろん」

今度は忘れないだろうと思いながらも、念のためにメモして残しておくことにしよう。

「で？　琉吾先生の話っていうのは？」

そこで先生は、矢ヶ部さんの経緯を三ツ葉社長にすべて話した——。

「——ということなんだけど。俺が考えるに、今から矢ヶ部さん宅に行くためには、ひとつだけクリアにしなければならない問題があると思って」

「え……なんかある？」

「歴とした会社の部署であるクリニック課の人員を、時間外に私用ともいえる訪問診療に利用していいだろうか」

なるほど、言われてみればそうかもしれない。

会社の部署が終業後に、たったひとりの社員のために「課の業務として」自宅を訪問するのは、公私混同ではないか。あらためてそう言われると、反論できないかもしれない。

それを聞いてキョトンとしていた社長だけど、不意に口元に笑みを浮かべてこう言った。

「No one gets left behind.――」

出た、本家のお言葉。

「――琉吾先生。社員はひとりも置き去りにしないで」

「ミツくん……」

「もちろん残業は、ちゃんとつけといてね」

そう言い残して背を向けると、社長はグッドラックと言わんばかりに親指を立てた。ちょっと展開についていけないところはあるけど、取りあえず社長の許可は出たらしい。

あとは個人的にだけど、気になることがひとつだけあった。

「あの、先生……眞田さんは」

「そうだな。あいつには、戸締まりを頼むということで」

「……ですか」

やはり、恋愛の絡む話は苦手ということで間違いなさそうだ。

「では、田端さん。矢ヶ部さんのご自宅へ案内してもらえますか？」

こうして先生と田端さんと三人で、矢ヶ部さんの自宅へ訪問診療に向かうことになった。

▽▽▽

ライトクの最寄り駅から、千葉《ちば》方面に川を越えた三つ目の駅で降りた。

あと少しで西船橋ということもあり、このあたりは完全に住宅街。でも駅前に大きな商業施設があるわけでもなく、かといって見渡しても背の高いマンションや建物もない。

「朱莉さんの自宅はここから二ブロック先です」

洋画を観ていると字幕に時々出てくる、この「〇〇ブロック先」という距離の表現。いまいち分かりづらいのだけど、日常生活で使う人が身近にいるとは思わなかった。

「閑静な住宅街ですね」

「いくつかの中小企業はありますが他は学校などの公共施設とコンビニだけです」

そんな道案内をしてくれている田端さんと並んで歩いていた先生が、不意に隣へ来て耳打ちしてきた。

「田端さんは、何かやっておられたのだろうか」

一瞬で、背中を鳥肌が駆け抜けていった。

聞き慣れたはずの先生の声も、これほど至近距離で囁かれたのではたまったものではない。おまけに耳たぶへ吐息が微妙に当たるほど近くで話さなければならない内容なのか分からないどころか、そもそも何を言っているのか分からない。

「や、やって……？　というのは？」

「田端さんの身のこなしが、妙に安全《セキュア》なのだが」

「……はい？」

しっかり聞き直しても、何のことだかサッパリだ。

「電車に乗った時。その車両に不審者が同乗していないか、周囲を見渡していた」

「あれって、空いてる席を探してたんじゃないんですか？」

「違うと思う。電車を降りる時は、ドアが開いたら降りる者より先に乗ろうとする者がいないか確認してから。ホームを降りる階段にさしかかった時など、駆け込み乗車で飛び出してくる人がいないかを先に顔だけ出して確認してから、階段を下り始めたぐらいだ」

「……でしたっけ？」

「駅を出てからは、歩道を歩いていても端に寄る前にはふり返り、自転車や人が後ろから来ていないかを確認している。横断歩道では信号が青に変わっても、自転車が来ていれば先に通してから渡っているし、止まっている車のナンバープレートとドライバーの顔まできちんと見ていた」

確かに駅では、駆け込み乗車や階段での出会い頭でぶつかることはよくある。先生に言われて思い出したけど、歩道でも後ろから猛スピードで自転車が来ていることに気づかず、端に寄った瞬間すごいブレーキ音と共に舌打ちをされることもあった。そして横断歩道が青で交差する車道が赤でも、車道を走って来た自転車は、なぜか止まらず減速もせず駆け抜けていくことが多いのも事実。

田端さんは逐一、それらを確認しながら歩いているらしい。だとしたらインパラ・センサーの新しい機能として、絶対に見習うべきだろう。

「でも、先生。信号で止まっている車まで見ているって、どういうことですか?」

「車のナンバーがこの地域のものではなく他県のものであれば、道に不慣れでどんな挙動をするかわからないと推測できる。カーナビに集中するあまり前方不注意になったり、不意にブレーキを踏んだり、ウィンカーを出す前に曲がったりする可能性が高くなる」

「あ、たしかに……」

「それから見切り発進をしないか、アクセルとブレーキを踏み間違える年齢ではないか、スマホを見て不注意ではないか——おそらく、そういうことも確認しているのだと思う」

たとえ横断歩道側の信号が青でも、悲惨な事故は後を絶たない。田端さんはそこまで、周囲に注意を払っているということなのだ。

「眞田さんも言ってましたね。田端さん、格闘技か何かやってるんじゃないかって」

「やはり、そうか。俺が思うに、おそらく田端さんはよく訓練された——」

何度か小さくうなずきながら、先生は真顔になった。

「――プロの通勤者と言えるだろう」

「……はい？」

何の話かサッパリ分からないうちに、どうやら矢ヶ部さんのマンションに着いたらしい。

「課長。朱莉さんはここの三〇一号室です」

比較的新しくてこぢんまりとした、五階建てマンション。エントランスは小さいけど、ちゃんとインターホンも設置されているオートロック式だ。

「なるほど、ここが」

「矢ヶ部さん。いいところにお住まいなんですね」

「ん？　マツさんは、このマンションのことを？」

「や、初めてですけど――」

いいところ、とは決して家賃や通勤距離や築年数のことだけではない。

エントランス、ポスト、自転車置き場、ゴミ捨て場を見ることができれば、その建物に住む人たちの生活に対する姿勢は、おおよそ推測ができると思っている。これを最も優先するべき物件の条件として、今まで引っ越し先を選んできた。

エントランスなら、薄暗かったり電球が切れたりしていないか、掃除をする人がいるかどうか。ポストの投げ込みチラシを捨てるゴミ箱はあるか、あっても一杯になっていないか、そのあたりにチラシが散乱していないかどうか。自転車置き場に秩序はあるか、好き放題に置かれていないか、埃をかぶった何世代も前の住民が置き去りにしていった自転車が放置されていないかどうか。これでゴミ捨て場やゴミステーションに分別管理されている様子があるかどうかを見ることができれば、その建物が持つ独特の「住民の気質」を推測することができる――と勝手に思っている。

「すごいな。マツさんは、そこまで観察してから引っ越しているのか」

「治安の悪い住民ばかりだと、家賃や通勤だけの問題じゃ済みませんから」

「そういうマツさんの目から見て、このマンションはどうだろうか」

「個人的な印象ですけど……比較的真面目な巡回管理人の方がおられて、きちんと管理されてるんじゃないかっていう印象は受けます。さっき少しだけ自転車置き場が見えたんですけど、ちゃんと防火扉にかからないように並べてありましたし」

これがインパラ・センサーの拾った、このマンションの第一印象だった。

ひどいマンションやアパートになると、自転車置き場など完全に無視して、エントランスだろうがポストの前だろうが、好き放題に停めていることもある。

「では住民の方も、それなりに真面目な方が多いと」

「や、印象ですよ。ただの個人的な思い込みですし……それに今は矢ヶ部さんの咳が心配でお宅を訪ねているわけですから、そんなことは関係ないと思います」

個人的な趣味の「勝手にマンション住人格付け評価妄想」など、どうでもいいことだ。

「いや。案外、大切な情報になるかもしれない。問診とは、そういったもの――そうだろう？　マツさん」

なぜかほんの少しだけ、先生が口元に優しげな笑みを浮かべていた。

「えっ？　そう……でしょうか」

これは趣味の観察。なんでも問診に繋げるのは、どうかと思う。持ち上げていただくのは個人的には嬉しいけど、時と場合によるのではないだろうか。

「では、田端さん。インターホンは、私が？　それとも田端さんが？」

「……すみませんが課長。よろしくお願いいたします」

田端さんは、申し訳なさそうに頭を下げた。

「あらかじめ、田端さんがメッセージか電話で連絡をしておくのはどうです？　いきなり会社の他課の者が自宅に来て、インターホンを押すのはどうでしょう」

そのあたりはさすがに先生でも、ちょっと抵抗があるらしい。実は問答無用で押してしまうのではないかと内心ヒヤヒヤしていたので、少しホッとしている。

「でしょうか」

「たとえ矢ヶ部さんが逃げるにしても、我々はもうここまで来ていますし」

「しかし立てこもって出てこないということはないでしょうか」

他の人が聞けば「なにをそんな大袈裟なことを」と笑うかもしれない。

でも、正しい知識は人を優しくする。

これが前に説明を聞いた「〇〇するかもしれない」という【予期不安】の思考なのだという知識があれば、決して笑ったりすることはないだろう。

もちろん関係性で言えば「田端さんがインターホンを押す」一択のような気はするけど、すでに何度も訪問を断られていることを考えれば、ジクロフェナクナトリウムを手に取って飲んでいる田端さんにお願いするのはどうにも辛い。

「あの――」

これを因果律と言うには、あまりにも自意識過剰なのは分かっている。

でも自分が、このためにここに呼ばれているような気がしてならなかったし、そう思いたかった。社食の商談席で矢ヶ部さんから問診を取ったのは、今この時のために繫がっていたのかもしれないのだ。

「――私が、お話ししてみましょうか」

すぐに田端さんから、安堵の視線が返ってきた。

「よろしいのですか松久さん」

「同性ですし、問診でお話ししたこともあって、多少は事情も知ってますし……あとは田端さんと先生が心配されて一緒に来られたのは嘘じゃないですし、私が心配なのも嘘じゃないですし……」

「なるほど。マツさん、ここは頼んでもいいだろうか」

「……はい。私も、クリニック課のスタッフですから」

結局、それを言いたかっただけなのかもしれない。

でも、それでいいと思った。

たったそれだけで、心が少し晴れやかになるから不思議なものだ。人はそんな些細なことで小さな充足感を得て、それをちょっとずつ積み重ね、少しずつ自分を好きになれるのかもしれない。

急にトイレに行きたくなったけど、これぐらいはお守りハンカチだけで大丈夫なはずだ。

「田端さん。さ、三〇一号室ですよね?」

「三〇一号室です。おれはカメラに映らないところまで下がればいいですか?」

「いやいや、ダメですよ。一緒に居てください。みんなで心配して来たんですから」

「エ……？」

「ちょ、先生！　どこまで下がってるんですか！」

なんだか少しだけ肩の力が抜けたというか、気が抜けたというか。

ひとつ深呼吸をして、絶対に押し間違わないよう「３０１」と順に押す。そして小さな呼び出し音が鳴り続ける中、三人で小さなカメラを凝視していた。

「……やっぱりこの時間、ネットで注文でもしていない限り、普通は出ないですよね」

「しかし、マツさん。矢ヶ部さんは部屋のモニターで、我々を見ているのだろう？」

「あ……出ないだけで、ここの映像は室内に映し出されてるのか」

「すると松久さん。朱莉さんは今も部屋で我々を見ているのですね？」

「まぁ……部屋に居られれば、ですけど」

カメラを凝視する三人を、矢ヶ部さんはどんな気持ちで見ているのだろうか。

そんなことを考えながら、もうじき呼び出し音も切れてしまうと思った瞬間——。

『はい……』

器械越しに、矢ヶ部さんの小さな声が響いた。

ギュッとハンカチを握り、できるだけ普通に話しかけるよう、細心の注意を払う。

「あの……ライトクのクリニック課で受付を担当しております、松久と申しますけど」

『あっ——コフッ、コフッ——松久さん？』

知らない仲ではないけど、それほど親密ではない。だから最初のひとことは、これで大きくは間違っていないと自分に言い聞かせた。

それ以上に、やはり矢ヶ部さんの咳が家でも出ていることの方が問題だ。

「はい、松久です。あの、あのですね。矢ヶ部さんの——」

いや。咳の話をいま出すのはマズいと、インパラ・センサーが急ブレーキをかけた。

「——矢ヶ部さんが三日も休まれていると、田端さんから聞きまして。それで先生と相談して、勝手に……あの、家まで行くのはどうかなとは思ったんですけど、私もどうかなって心配になってしまって……田端さんと三人で、どうかなって……急に、すいません」

我ながらこの語り口は、どうかなと思う。

それ以上に、こんな時まで「七木田さんならどう言うだろうか」と考えるあたり、そっちの方がよほど重症かもしれない。

『すいません——カフッ——ご心配をおかけしたみたいで。でも、あの——ケフッ、ケフン——本当にわたし——コフッ——大丈夫ですから』

病欠三日目で、この咳。他の病院にも行かず、田端さんの訪問も拒み、今も頑《かたく》なに入口を開けようとしないのに、何がどう大丈夫なのだろうか。

ここでインパラ・センサーが、不意に「あり得ないけど順当な推理」を導き出した。

——矢ヶ部さんは、部屋に何かを隠している？

「でも、あのですね、矢ヶ部さん——」

そこで隣から、スッと先生が会話に滑り込んできた。

「こんばんは、クリニック課の森です。田端さんから事情をお伺いして、どうにも私が診断を間違っている可能性が否定できなくなりました。診察は難しくても、症状経過だけでかまいませんので、お話を伺えるとありがたいのですが——」

そう言って先生は、不意にエントランスの背後をふり返った。

そこにはお子さんを連れた住人の女性が、カギを差そうと待っている。

「——あ、失礼しました」

アルカイック・スマイルで会釈した先生は女性に場所を譲り、保育園からのお帰りらしき幼児にまで手を振っている。この三人が決して不審な訪問者ではないと、先生なりに気を使った証拠だろう。

「これから帰宅時間にもなりますし、ここでお話を続けるわけにも……もしよろしければ『部屋のドア越し』でも構いませんので、取りあえずエントランスから入らせてもらえると、ありがたいのですが」

わずかな沈黙の後、ガラスドアが開いた。すぐ後ろにはもう別の子連れママさんがベビーカーを押して帰って来ていたので、正直これには助かった。

「ありがとうございます」

でも一番ホッとしていたのは、なんとかエントランスを突破できた田端さん。

エレベーターは後から帰って来たベビーカーのママさんに譲ることにして、三階までは階段で上ることにした。

「先生。私の推測で、アレなんですけど……」

「ベビーカーの子は、身長、肉付き、発語から推測するに、二歳前後だと思うが」

「や、あのお子さんのことじゃなくて、矢ヶ部さんのことなんですけど」

「……また、何か察したのだろうか」

階段で息が切れるのを誤魔化しながら、感じたことを素直に話してみた。

「矢ヶ部さん、お部屋に何か隠しておられないですかね？」

「隠す？　何を？」

「たとえば……ペットの飼育はダメなのに、インコとかウサギならいいか、とか」

「それで、家でも咳が出るようになったのではないかと？」

「はい……まぁ、なんの動物かは分かりませんけど」

「三日病欠した理由については、どうだろうか」

「眞田さんもオカメちゃんたちが心配で、いつもスマートグラスをかけてるじゃないですか。だからもしかしたらこの三日ぐらい、目が離せないほど調子が悪いのかな……とか」

それについては、まったく息を切らせる素振りのない田端さんが即答した。

「朱莉さんは行政書士を目指して法務部に異動しました。賃貸規約を破るとはとても思えません」

「で、ですよね……すいません、思いつきで失礼なことを」

そこには田端さんの、矢ヶ部さんに対する絶対の信頼が感じられた。

「いえ。そう思われるのは状況から当然のことだと思います。どうか気を悪くなさらないでください松久さん」

「そんな……田端さんこそ、気を悪くなさらないでくださいね」

でも先生だけは、どうも違うようだった。

「部屋に何かを隠している、か……なるほど、さすがマツさんだ。まんざら、大きく外れていないかもしれない」

「……え？」

「森課長……？」

そんな話をしているうちに、三階に着いてしまった。

少しも息を切らせていない田端さんを先頭に、エレベーター前を通って廊下を左に折れた瞬間——三〇一号室と思われる角部屋の玄関前に、すでに矢ヶ部さんが閉めたドアを背にして立っているのが目に入ってきた。

しかも近所への買い物ぐらいなら、そのまま出かけられるような服装。

これはどうしても部屋には入れたくないという、強い意志表示と言えるだろう。

「朱莉さん——」

はやる気持ちと声のトーンをぐっと抑えながら、田端さんが小走りに駆け寄った。

「——どうしたんですか朱莉さん。この三日は大丈夫でしたか？」

「田端さん……」

「ごめんなさい朱莉さん。おれがもう少し人の気持ちを理解できる人間なら……こんなに咳が酷くなる前に何とかできたかもしれないのに」

メッセージを入れても、電話をしても、家には来ないでくれと言われた田端さん。

それでも、こうして姿を見せてくれたことだけで十分だと言いたそうだった。

「田端さん──ケフッ──違うんです……わたしの方こそ、ごめんなさい」

うつむいたまま、矢ヶ部さんは今にも泣き出しそうだった。

「朱莉さんは何も謝る必要はないです」

「田端さんは謝ら──コフッ、コフッ──ないでください……ダメなのは、わたしなん──カフッ──ですから」

「朱莉さんの何がダメなのかおれにはまったく分かりません。でもその咳だけは森課長に診てもらいませんか？　おれはどうも朱莉さんの部屋に原因があるのではないかと思って課長に来てもらったんです」

「……部屋は、大丈夫──コフッ、ケフッ──です。ありがとう……本当に──カフッ──心配しないでくだ──コフッ──さい」

「でも家では出なかった咳が出るようになったのだからせめて森課長に──」

「本当に、部屋は──ケフッ──部屋は──コフッ、コフッ──なんとかしい、い、ますから」

次第に受け答えが弱くなっていった矢ヶ部さんは、ついに玄関ドアを背にずるずると廊下に座り込み、膝に顔を埋《うず》めて抱え込んでしまった。

「朱莉さん⁉」

「田端さん。ちょっと、失礼しますね」

何が起こっているのか、どうしていいのかも分からず呆然《ぼうぜん》としていると、今までふたりのやり取りを見守っていた先生が、うずくまった矢ヶ部さんの側にそっと寄り添った。

「矢ヶ部さん。ここは、マンションの廊下です。ご近所の目もあることですし、いつまでも話ができるものではないでしょう」

そしてとても穏やかに、すぐ近くで、すごく落ち着いた声で語りかけた。

ということは、全身状態が悪くなって座り込んでしまったのではないということだろう。

「かといって、無理にお部屋に上げろとは言いません。もしよろしければ……ファミレスかどこかで、お話の続きを聞かせてもらえませんか？」

そんな語りかけにも、矢ヶ部さんは顔を上げようとしない。

それを見た先生は何かを納得したように、小さくうなずきながら優しく語り続けた。

「矢ヶ部さん。あなたのお部屋は、決して恥ずかしくない――」

その瞬間、膝に顔を埋めていた矢ヶ部さんが急に顔を上げた。

「――私の予想が当たっているとしたら、これは誰にでも起こり得ることなのです。だからどうか、私にその理由を医学的に説明させてください」

　矢ヶ部さんは唇を噛みしめ、無言のままポロポロと大粒の涙を流すだけだった。

▽　▽　▽

　矢ヶ部さんの住んでいる近くでは、最寄り駅の周囲でもカフェやファミレスはなかった。だから夜風に当たってクールダウンするのも兼ねて、西船橋まで出ることにした。

「ファミリー・レストランか。ずいぶん、久しぶりだな」

「先生、外食とかしないんですか？」

「まぁ……誰かに誘われない限りは」

「眞田さんとは？」

「あいつはだいたい、俺の家でメシを食いたがるので」

　西船橋の北口を出たところにある緑のファミレスに入ると、テーブルを挟んだ向こう側に田端さんと矢ヶ部さんが、ドリンクバーのコーヒーとオレンジジュースを前に並んで座った。こちらはもちろん先生と並んで座ろうとしたら、ちょっと待っててと言い残し、親切にカフェラテまで持って来ていただいてしまった。

　何となくだけど、先生は少しファミレスを楽しんでいないだろうか。

「マツさん、何か食べる？」

「えっ⁉ や、全然……大丈夫です、はい」

「あ、そう」

時間的にはお腹が空いてきたものの、エスカルゴとプチフォッカを注文するべきではない雰囲気だということぐらい、インパラ・センサーが壊れていても察知できる。

ただ先生はメニューのアロスティチーニのページで止まって凝視していたので、もしかしたら本当は自分が食べたかったのかもしれない。

「森課長。早速で申し訳ないのですが先ほどのお話はどういう意味なのでしょうか……」

口火を切ったのは、田端さんだった。

「そうですね。まずこの話は、現時点ではあくまで私の推測であることを、あらかじめご了承ください」

「はい。承知しました」

でも矢ヶ部さんは何も言わず、うつむいたままだった。

「田端さんは『机やテーブルの上』が散らかっている状態を、どう思われますか？」

「……はい？」

「たとえば仕事場の机や、ご自宅のテーブルを思い浮かべてみてください」

さすがの田端さんも、会話のスタートがこれでは動揺するのも無理はないだろう。

正直、先生が何の話をしたいのかサッパリ分からない。

「どう？　そうですね……仕事がひと区切りしたら片付ければいいかと」

「なるほど。ひと区切り付けば、ですね」

「そうです。取りあえずやってしまわないといけない仕事があるから片付けが後回しになって散らかっているのだと思いますし」

「つまり『片付ける』ことは、最優先ではないと」

「はい。まずは仕事を優先すると思います」

不思議そうな顔をしながら答える田端さんを見る限り、やはり先生の意図するものが何か分からないようだ。でも黙ったままの矢ヶ部さんはその表情を見る限り、もしかしたら何か思い当たる節があるのかもしれないと、インパラ・センサーは囁いている。

「では、少し範囲を広げて。『お部屋』が散らかっている状態は、どう思われますか？」

「部屋ですか？」

「ひと部屋だけでいいです。台所でもいいですよ」

「どうって……おれは手が届く所に必要な物を置きがちなので人には散らかっている印象を与えると思います。あと雑誌なんかをそのあたりに積んでおくことも多いです。だから片付けるまでの間は散らかっていると言えますけど……お恥ずかしいですが目に余るようになってようやく片付けることが多いです」

「台所はどうです？」

「まとめて時間のある時にやります。問題は生ゴミですけど」

「時間さえあれば、まとめてやってしまうと」

「……どうでしょうか。時間があっても疲れている時はやらないかもしれません。あとは溜まりすぎると片付けること自体が嫌になります」

「では時間があっても、片付けや掃除の優先順位は、日常生活の中では最優先事項ではないんですね？」

「森課長。何を仰りたいんですか？　部屋の掃除や片付けなんて今までずっとそういうものだと思っていましたけど」

先生はコーヒーを飲みながら、ひとこと決定的なことをつぶやいた。

「もしも。いつまで経っても時間と余裕がなかったら、お部屋はどうなると思います？」

「え……？」

「毎日忙しい、毎日仕事が終わらない、毎日疲れている、毎日心に余裕がない——そんな場合は、散らかっているお部屋をいつ片付ければいいでしょうか」

「それは……」

「お休みの日に、一気にやれそうですか？」

「そんな気分になれればいいですけど疲れが取れないことの方が多くて——」

ハッと何かに気づいた田端さんが、矢ヶ部さんを見た。

「――まさか朱莉さん?」

穏やかな表情で、先生はコーヒーをひとくち飲んだ。

「田端さんは『汚部屋』という言葉を聞いたことがありますか?」


まさか、先生からその言葉が出るとは思ってもいなかった。

毎日忙しく、毎日仕事が終わらず、毎日疲れていて、毎日心に余裕がない、そんな矢ヶ部さんの部屋が「汚部屋」になっていても不思議ではない。

矢ヶ部さんが部屋に何かを隠しているのではないか――そう言った時、だから先生は「まんざら、大きく外れてはいないかもしれない」と答えたのだ。

「汚部屋……何度かテレビで」

しかし目の前の矢ヶ部さんを見ても、髪型、服装、メイクにいたるまで、不潔な印象をまったく感じない。何を根拠に、先生は汚部屋を疑ったのだろうか。

「おそらく真っ先に思い浮かべられたのは『ゴミ屋敷』や『孤独死』の光景ではないかと思いますが、あれはメディアが人目を惹くために取りあげた著しく極端な汚部屋の例です。センセーショナルなものでないと、動画コンテンツとしては成り立ちませんからね」

「……そうだったんですか。あれが汚部屋の『定義』だとばかり思っていました」

先生がコーヒーを飲み干してしまったので、代わりに慌ててドリンクバーへもう一杯取りに行った。この話、とても興味があるので話の腰を折りたくない。

「ありがとう、マツさん」

「あ、いえいえ」

「何か食べる？」

「とんでもないです。お話の続きを、はい」

少し残念そうな顔をしたあと、先生は話を続けた。

そんなにアロスティチーニを食べたいのなら、今度いくらでも付き合いますから。

「最近ようやく一般的に知られるようになったばかりの汚部屋ですが、ともかく著しく極端な例ばかりが取りあげられて困っています。その散らかり方も程度も、本来はピンキリで千差万別なのです。酷い先入観を植え付けてしまうメディアには、問題があると個人的には思っています」

「つまり先ほど仰っていたようにテーブルから台所から部屋まで様々だと」

「そうです。そして汚部屋になってしまう原因は社会的要因も含めて多岐にわたると考えられていますが、中には【思考】【行動】【感情】の三要素で説明が付くことも多くあるのが現実です」

そのキーワードに、田端さんは素早く反応した。

「それは認知行動における【負の罠】のことではないですか⁉」

口元に笑みを浮かべ、先生は満足そうだった。

「さすが田端さん、正解です。人間関係や環境の変化など、些細なことが引き金になる場合が、思った以上に多いとも言われています――」

矢ヶ部さんが法務部に異動したのは、今年の四月から。その人間関係や環境の変化で、最初に現れたのが身体のSOSである心因性咳嗽だった。

「――たくさんの不慣れなことを毎日次々、同時に処理しなければならなくなると、その人が本来持つ【ワーキングメモリ】は、あっという間に圧迫されてしまいます」

「すると……できていたことができなくなる……？」

「人間の生活は仕事だけではありませんよね？　さらにプライベートなことも重なれば」

「……まさにあの時のおれじゃないですか」

そう。田端さんは矢ヶ部さんのことで頭が一杯になり、いつもなら絶対しないような基本的なミスを仕事でやってしまった。そこから田端さんの【予期不安】が始まり、ついには【負の罠】に陥ってしまったのだ。

「そんな中でお部屋の片付けや掃除というのは、先ほど田端さんが言われたとおり」

「後回しにします。優先順位は低いです」

食い気味に、そして興奮気味に田端さんは答えた。

「そういうことです」

「じゃあすでにストレスによる心身症状が心因性咳嗽として出ている朱莉さんなら……」

同じことが矢ヶ部さんに起こっても不思議のない、誰にでもあり得る心理状態ということ。つまり嫌悪され、怠惰のなれの果てと見られている「汚部屋」という現象は、いつ誰に起こっても不思議はないということなのだ。

そしてもうひとつ、矢ヶ部さんが社食で言ったことを忘れてはいけないだろう。

――勉強、運動、ピアノがダメでも、料理や掃除なら……そう思って中学生の頃から友だちと遊ぶより、家事手伝いを優先して家に帰ってました。

矢ヶ部さんにとって掃除や家事は、できて当たり前のことだった。それができなくなっていく自分に対して、どんな悲しい気持ちになったことだろう。

「矢ヶ部さん。これは私の推測なので、見当違いのことを偉そうに延々とお話ししている可能性があります。よろしければ実際はどうなのか、教えていただけないでしょうか」

うつむいたままの矢ヶ部さんの肩を、隣の田端さんが恐る恐る抱き寄せた。

それはぎこちなくて不慣れなものだったけど、矢ヶ部さんの背中を優しく押すには十分だったのかもしれない。

「森課長、松久さん――ケフッ――それから、田端さん。わたし、課長が仰る通り――」

隣の田端さんをゆっくりと見あげ、矢ヶ部さんは少しずつ話し始めてくれた。

矢ヶ部さんの話は、こうだった——。

願い出てまで法務部に異動したものの、慣れない仕事と人間関係と、それにうまく対応できない自分への自己嫌悪に疲れ果て、家のことにまで割《さ》く余力＝【ワーキングメモリ】は次第になくなっていったという。そして最後の引き金になったのは、意外にも「ゴミ捨て」だった。矢ヶ部さんはきちんと仕分けして出したつもりのゴミ袋だったけれど、地域によって意外に異なる分別方法のせいで、ゴミステーションに残されてしまったのだ。あれだけ家事には自信があった矢ヶ部さんにとって、それはとてもショックなこと。それ以来、どれだけがんばってゴミを仕分けして出しても、また回収されずに残されてしまうかもしれないという【予期不安】が消えなくなってしまった。そして実際に、何度か回収されずに取り残されたことがそれに輪をかけた。特にペットボトルは捨てる日が週に1回なので、出しそびれてはどんどん溜まっていくゴミの代表格。やがてストレスで服やカバンや靴を衝動買いするようになったものの、買ったことで満足してしまい、買い物袋に入ったまま部屋に放置。通販で買った物は箱を潰すのもめんどうになり、部屋の中で積み上がっているらしい。気晴らしにと雑誌を買ってみるものの、あとで読もうと思っているうちにどんどん溜まり、いざ捨てようと思った時には重くて捨てられなくなっている——矢ヶ部さんは田端さんに肩を寄せ、泣きながらすべてを話してくれた。

やはり先生の言うとおり、汚部屋の程度は千差万別。

正直、すぐにテレビや動画の「ゴミ屋敷」を思い浮かべた自分が恥ずかしかった。

「朱莉さん。そんなことになっていたとは……」

「……ごめんなさい、田端さん。どうしても、田端さんには言えなくて――コフッ、ケフッ――どうしても、あの部屋のことを――カフッ――知られたくなくて」

「すみませんでした。おれはどうにも人の気持ちが理解できなくて――」

「違います！　田端さんは、ぜんぜん――ゲフッゲフッ――悪くないです！」

涙をこぼしながら、それでも矢ヶ部さんは必死に訴えた。

「――朱莉さん」

「自分が好きになれない自分を、田端さんが好きになるはずないじゃないですか……それなのに田端さん、わたしに優しくしてくれて……なんでこんな、わたしなんかにって」

無理は徐々に蓄積されていくので、その限界を見極めるのが難しいのかもしれない。だから人は簡単に【ワーキングメモリ】のオーバーフローを起こしてしまうのだろう。

もう少しだけ――と言って、限界が分からなくなる。

無理なんかしていませんよ――と言いながら、実はがんばりすぎている。

大丈夫？　と聞かれれば、大丈夫じゃなくても「大丈夫」と答えてしまう。

本当にもう無理？　自分に甘くない？

そんな声が脳内に響いている人が、この世の中には多すぎないだろうか。

以前、眞田さんの言った言葉が忘れられない。


——じんま疹を出しながら働かされるほど、オレの人生って安くないから。


矢ヶ部さんの人生も、決して安くなんかない。

こんな矢ヶ部さんに、何がしてあげられるのだろうか。

そんなことを考えていると、先生は「汚部屋」の原理をわかりやすくまとめてくれた。

「矢ヶ部さん、そんなに難しく考えないでください。矢ヶ部さんの場合は【認知機能と行動の疲弊】と【感情の鈍麻《どんま》】が原因です」

「……感情の鈍麻？」

認知と行動の疲弊は読んで字の如くだろうけど、感情の鈍麻とはどういうものだろうか。

「人間は自分の心を護るために、時には聴覚や視覚の入力、発語という出力すら遮断することがあります。突発性難聴や心因性視力障害、選択制緘黙《かんもく》がそれです」

「しゃべれなくなるんですか？」

「そうです。人間は何を絶対に護らなければならないか、本能的に知っているのです」

そう言って先生はこめかみに人差し指を押しつけたあと、右手を胸に当てた。

「脳……心ですか」

「心を護る最終手段――そのひとつに『何も感じなくする』ことがあるのです」

これには矢ヶ部さんも言葉を失っていた。

でも正直、何も感じないことが一番楽だということはよく分かる。知らなければ悩むことはないし、関わらなければ巻き込まれることもない。

出ない杭は打たれない――つい三ヶ月前まで、そうやって生きてきたのだから。

「これは人間であれば、誰にでも起こり得ることなのです。だから、矢ヶ部さん。あなたのお部屋は決して恥ずかしくない。それだけは、私がお約束します」

「森、課長……」

安心したのだろうか、矢ヶ部さんは我慢していた涙を一気に解放した。こんな時、隣に田端さんがいてくれて本当に良かったと思う。

ただ、これですべてが解決した訳ではない。

矢ヶ部さんの汚部屋が判明したところで、このあとどうすればいいのだろうか。

「ところで、矢ヶ部さん。お部屋の掃除を、プロに任せてみるつもりはありませんか？」

「え……？」

「もちろん要不要の判断は、矢ヶ部さんに都度お願いすることになるのですけど」

とりあえずお部屋の掃除から始める必要があるのは理解できるけど、先生は誰を斡旋《あっせん》しようとしているのだろう。

「先生。知り合いの清掃業者さんとか、いるんですか？」

「何かあったらよろしく、と言われているので」

しれっとした顔で、ぬるくなったコーヒーを飲んでいる。

「それ、割引きとか利くんですか？」

すっかり矢ヶ部さんの立場に、自分を重ねてしまった。

「いや。たぶん今なら無料だと思うが」

「えぇ……？」

無料という言葉ほど、怪しいものはない。

「ちょっと聞いてみるか」

「今ですか⁉」

「見積もりではないし、聞くだけなら問題ないかと」

「もう、六時半ですよ？」

そんなことはお構いなしに、先生はスマホをタップしてしまった。

「あ、もしもし。ミツくん？　今、ちょっといいかな――」

その瞬間、背筋を冷たい汗が伝った。

「ちょ――先生！　ミツくんて！」

「あのさ。前に言ってたお掃除部隊、ひとり暮らしのマンションもＯＫ？」

こんな時間に社長へ気軽に電話するなど、公私混同――と考えて、退勤後ならプライベートだからいいのかもしれない、などと都合良く考えてしまうあたり慣れとは恐ろしい。

「うん、そうそう……うちの法務部の人で、賃貸マンションの一室なんだけど……わかった、聞いてみる――矢ヶ部さん。ビデオ通話、いいですか？」

先生も社長もそういうことを気にしない人だと分かっているものの、ちょっとファミレスの店内でビデオ通話はどうだろうか。

「せ、先生……ここ、店内ですけど」

「ん？　まぁ、リモートワークということで」

「そうじゃなくて、その……人の目が」

「空席が目立つが……矢ヶ部さんは、どうだろうか」

「え……あ、はい――カフッ――大丈夫ですけど、業者の――コフッ――方ですか？」

いや待ってそれは――と、間に入るには遅かった。

テーブルに立てたスマホの画面を見て、矢ヶ部さんは軽くフリーズしてしまった。

『あ、お久しぶりですね、矢ヶ部さん。三ツ葉です』

「しゃ――えっ⁉」

『実はＳＷＥＧｓのひとつ【住み続けられる家づくりを】の一環として、新たに「おうち清掃代行サービス」事業に参入しようと思ってるんですよ。それで今、清掃美化のプロ集団を育成してるんですけど、実戦投入前にお宅でお仕事させてもらっていいですか？』

どうにも「お掃除部隊」や「実戦投入」という表現が、気にならないではない。

でもその前に、いきなり自分の会社関係の人が部屋の掃除に上がり込むのは、矢ヶ部さんとしてはどうだろうか。

ましてや程度はどうであれ、汚部屋なのだ。

「や、あの——ケフッ——かなり、汚れてますし……お気持ちは、ありがたいのですが」

『大丈夫、大丈夫。特殊清掃まで対応できるように訓練してあるから』

「いえ、そこまででは……全然ないんですけど——コフッ——はい」

『あ、もちろんお金は要らないんで』

ダメだ、三ツ葉社長には絶対伝わらないような気がする。

かといって、先生に言っても伝わらないのは間違いない。

しかし部屋の掃除やゴミ捨ては、溜めてからやろうと思っても腰が重くてやる気が出ない。めんどくさいから後回しにしたのであって、言われて急にできるようなものではない。

便利グッズには手を出すくせに、それ自体が使われずにゴミとなることは多々ある。

自分でもダスキンの家事代行サービス「メリーメイド」さんに何度お願いしようと思ったか分からないだけに、冷静に考えてみればこの社長の申し出はラッキーかもしれない。

それにきっと、田端さんが手伝うと言い出すのは目に見えている。かといって彼氏には絶対に見せたくないだろうし、断れば断ったで田端さんはまた矢ヶ部さんの役に立てなかったと思い悩むだろう。

「あ……あれじゃないですかね、矢ヶ部さん——」

社内の人とはいっても、まったく新しく訓練から始めているような人たちで、顔も素性も知らないのだ。結局ここは消去法で、社長にお願いした方がいいような気がしてきた。

「——模様替えを手伝ってもらう、みたいなものじゃないですかね」

「……え？」

ちょっとまだ、言い訳が苦しいかもしれない。

矢ヶ部さんの怪訝《けげん》そうな顔は変わらない。

「あ、じゃなくてですね……なんていうか、インテリア相談的な？」

「インテリア……？」

困った、これ以上うまく言える自信がない。

「あれですよ、その……年末の大掃除を、人の手を借りてですね……なんていうか、ちょっと早めに終わらせる的な感じで」

苦しい。十二月まで、まだ半年以上あるというのに。

その時、急に先生が真顔でうなずいた。

「そう。俺はそれが言いたかった」

絶対そんなことなんて考えてもいなかったと思うけど、今はナイス・フォローです。

『そうそう。そういう気軽さも「おうち清掃代行サービス」のコンセプトだからね』

社長も絶対なにも考えてなかったと思いますけど、ありがとうございます。

誰が見ても言いくるめた感が否めないと思っていたら、予想外に矢ヶ部さんの表情は少しずつ柔らかくなっていった。

「田端さん――ケフッ――」

そう言って矢ヶ部さんは、田端さんの顔を見あげた。

「おれはそれが一番いいと思う。これはただのアッセンブリの修理だよ」

この言葉が、一番効いたのではないだろうか。

矢ヶ部さんの表情は、一層軽くなった。

「……お、お言葉に甘え――カフッ――ようかな」

スマホ画面の向こうで、社長は満面の笑みを浮かべた。

『あ、そう。OKね？　ありがと、あとで詳細をご連絡しますね？』

「は、はい――コフッ、コフッ――どうもご丁寧に、ありがとうございます……社長」

なんだかよく分からない超展開になってしまったけど、なんとか大惨事にはならずに済んだような気がする。これで社長も先生も、矢ヶ部さんも田端さんも、みんなWin-W inになれた――と信じたいけど、とても疲れたのも事実だった。

「では、矢ヶ部さん。そういうことで」

通話を切った先生は、またいつものアルカイック・スマイルに戻っていた。

「いろいろご相談に乗っていただき――コフッ――ありがとうございました……森課長」

「ありがとうございました」

なにはともあれ、矢ヶ部さんは一歩前進できるのではないだろうか。

そして、田端さんとも――。

「勝手にご自宅まで押しかけて、長々と申し訳ありませんでした」

「とんでもないです。課長にも、松久さんにも――ケフッ――お世話になりっぱなしで」

「では我々は、ついでなのでここで夕飯を食べていきますが――」

「えっ⁉」

これは先生、また脳内で勝手に話が進んでいたパターンに違いない。

「――田端さんと矢ヶ部さんは、どうされますか？」

「あ、いえ……わたしたちは」

「またの機会にでも……ご一緒させていただければ」

「なるほど、わかりました」

ふたりで顔を見あわせて困惑する気持ちはよく分かる。

でも先生の中で、とりあえず一件落着してしまったのは間違いない。

「それでは、森課長。本日は大変――コフッ――お手数をおかけいたしました」

「お先に失礼いたします。また明日」

「では、また」

少しだけ満足そうな顔でふたりを見送ったあと、先生はすぐに隣でメニューを広げた。

「マツさん。俺はこの『アロスティチーニ』という、ラム肉を食べてみたいのだが」

案の定、どうにも気になっていたらしい。

「私はちょっと、お肉は……」

「では、どれ？」

「そうですね……じゃあ、『エスカルゴ』と『プチフォッカ』がいいです」

「ピザは？　ここはどうも、トッピングが多すぎなくてセンスがいいと思う」

「なら『マルゲリータ』とか、どうです？」

「いいね」

SNSでそういうハートマークを押されたような気分になったあと、向かいの田端さんと矢ヶ部さんが座っていたシートに移ろうと腰を上げた。

「トイレ？」

「や、それもありますけど……向かいの席に移ろうかと」

「なぜ?」

「え……? な、なぜって……狭くないですか?」

「寄るが?」

結局、トイレから戻って来たあと。

四人掛けのテーブル席の片側に、顔をまっ赤にしながら先生と並んで夕食を摂《と》るはめになってしまったのだった。

【第五話】 考え上手さん

どうも最近、特別枠の診療予約が確実に増えている気がしてならない。

もちろん「心身症状、診ます」と広告を出しているワケでもないし、田端さんや矢ヶ部さん、あるいは生田さんが話を広げているとも思えない。

ということはやはり先生の予想通り、心身症状や予期不安で困っている人たちは、すぐ近くに思った以上にたくさんいるということだろう。

ただそれ以上に、今は気になることがある。

なんとなく「問診」という仕事の解釈も、知らないうちに広がっていないだろうか。

「矢ヶ部さん。あのあと、何か困ったことはありませんでしたか？」

場所こそいつもの四階の面談室に戻ったものの、向かいに座った矢ヶ部さんから聞くのは症状経過ではなく、お部屋の状態変化。もちろんそれが症状の変化を評価するときの参考になるとは思うのだけど、問診を取るのは最初だけだと思っていたのも事実だ。

「困ったことは——コフッ——なかったですけど……正直、びっくりしましたね」

「そうですか……」

やはり部屋には、想像以上にゴミが溜まっていたのだろうか。

「火曜日に有給を取らせてもらって部屋で待ってたら、業者っていうか……部隊？　の方から電話がかかってきたんですよ」

「部隊……？　部署、じゃなくてですか？」

ちょっと話が、想像から斜め四十五度ほどズレ始めた。

「なんか、社長が直々に指揮してらっしゃるという……」

「指揮？」

管轄ではないあたり、ちょっとニュアンスも変わってくる。

矢ヶ部さんはスマホを遡《さかのぼ》り、なにやら画像を確認していた。

「……えーっと、あった。これです、ライトク清掃美化特殊部隊『Squad《スクワッド》 Of《オブ》 Purity《ピューリティ》』の方たちが――ケフッ――来られました」

見せてもらった画像には、焼きいも屋さんより少し大きいぐらいの真っ黒いトラックが映っており、白字で大きく「ＳＯＰ」と書いてある。そもそも聞き間違いでないとしたら、特殊部隊だなんて会社としてアリの名称かという話にもなる。

「……なんですか、これ。聞いたことない部署ですけど」

「まだ訓練中だから、正式な部署じゃないらしくて――」

訓練という響きでさらに嫌な予感が増していると、スマホの画面がスワイプされた。

「——カフッ——こんな方たちが来られたんですよ。珍しかったから写真撮っていいですかって聞いたら、どうぞどうぞって」

上下真っ黒の作業着に、黒いグローブと黒いブーツ姿の四人組。ちょっと形の特殊な安全ヘルメットも黒、防塵《ぼうじん》用のマスクも黒、中には誰を威嚇しているのやら白い髑髏《スカル》柄の入った黒の目出し帽の人までいる。清掃に必要な工具類でも入っているのか、腰回りは電気工事士さんもびっくりするほどの装備でかためられていた。

「だ、誰ですか……この人たちは」

「だから……ライトク清掃美化特殊部隊？　の方たちです」

これにはは正直びっくりしたことだろうと、矢ヶ部さんに同情さえしてしまう。

「……部署、じゃないんですよね？」

「……まだ、部隊だそうです」

部隊って何だ、というツッコミは不毛だろうし、誰に言えばいいかも分からない。

本当に三ツ葉社長は、このビジュアルで「おうち清掃代行サービス」事業に参入しようと考えているのだろうか。あまりにもイメージしていたものと違いすぎたのだけど、そこは先見の明がある社長のことだ。逆にこれで、話題作りをしようとしているのかもしれない——とは少しも思えず、何となく勢いと趣味でやっているような気がしてならない。

「でも作業は、びっくりするぐらいプロでしたよ」

「どんな感じなんです？」

「まず部屋の外で、わたしを含めてブリーフィングをしました」

「ブリーフィング！」

単語の使い方としては間違っていないのに、違和感があるのはなぜだろうか。

「あらかじめ送っておいた部屋の写真と間取り図で、入っていい場所の確認をして――コフッ――一緒に入るか任せるかを決めて、どの部屋に誰を配置するか。あとは捨てていい物と絶対に捨てない物をざっくりチェックされて、細かいことは作業中に――ケフッ――その都度インカムで呼ばれたかと思うと、目の前に素早く持ってきてくれて確認を取られました」

「インカム！」

クリニック課でも使っているので便利なのは知っているけど、誰のアイデアなんだか。

「なんて言うか……片付けや清掃というより、作戦っぽい雰囲気でした」

「……ですよね」

「でも四時間で、こんな感じにしてもらったんです」

次々にスワイプして見せてもらったのは、新築か原状復帰したばかりかというほど、キレイなお部屋の画像だった。

「えっ⁉　すごい！」

元がどんな状態だったか知らなくても、これはゴミを捨てただけではなく、明らかに隅々まで清掃美化されていると分かるものだった。

だからだろうか。今日は矢ヶ部さんの呟き込みが、いつもより軽くなっている気がする。

「ありがとうございました、松久さん」

「……何がですか？」

スマホを戻して、矢ヶ部さんは真顔になった。

「あの時……ファミレスの時、松久さんに背中を押してもらわなかったら――ケフッ――たぶんわたし、お掃除は断ってたと思います」

「や、あれは……私もいきなり言われたら……かなり、動揺すると思って」

「やっぱり部屋がきれいになると、少しだけ気が楽になりました。それに――コフッ――部隊の人たちから『寝る場所と室内の動線が維持されていたので気にするレベルですらない』って断言されて――コフッ――もっと、早く相談すればよかったなって」

「そうでしたか」

たしかにテレビや動画で流されている極端な汚部屋やゴミ屋敷では、室内に動線はない。あんな全身真っ黒装備の怪しい人たちだけど、踏んでいる場数は相当なのかもしれない。

「だからこの前……思い切って田端さんに、うちでご飯を作ってもらいました」

ちょっとだけフリーズしたものの、すぐにその意味の大きさを理解した。

「え——あっ、そうだったんですね！」

矢ヶ部さんはもう、田端さんのことを嫌いになってしまったのではないかと考えたこともあった。でもあのファミレスで見せた、肩を寄せ合うふたりの光景がすべてだったのだ。

「お弁当を作ってもらったり、冷蔵庫に作り置きまでしてもらったりして——カフッ——なんだか田端さんに、申し訳ないです」

「そんなこと——」

そう言いかけて、ちょっと言葉を吟味することにした。

せっかく先生や眞田さんに教えてもらった、認知行動や予期不安の知識。それらに照らし合わせたら、きっと「そんなことないですよ」以外に気の利いたことが言えるはずだ。

「——その時の気持ちって、ネガティヴなものでした？　ポジティヴなものでした？」

「え……？」

「その……嬉しいとか、悲しいとか……気持ちの分類で」

「それは、もちろん嬉しかったですけど」

「じゃあ矢ヶ部さんにとって、それはポジティヴな【感情】だったんですね」

「あ——」

矢ヶ部さんもすぐに、先生から聞いていた説明を思い出したのだろう。やはり、田端さんと同じように頭の回転が速い人だ。

「――ですね。心のアッセンブリにとって、【良い感情】だと思います」

「田端さんは、ご飯を作ったりすることに関して、どうでしたかね」

「すごく、楽しそうでした。前からずっと『作りたい』って、言ってくれてましたし」

「ですよね。だったら田端さんにとっても、それは【良い行動】だったんですよ」

少しうつむいた矢ヶ部さんは、恥ずかしそうにうなずいた。

「ダメですね――ケフッ――正直に『申し訳ないけど嬉しかった』って言わないと」

「全然、ダメじゃないです。申し訳ないっていう気持ちが、実は【考え違い】だって気づいたわけですから」

ちょっと力説しすぎて、トイレに行かないように我慢していたお茶を飲んでしまった。

「【認知＝考え方】のズレ、ですか……やっぱり松久さん、向いてますね」

「……何がです？」

「クリニック課っていうか、問診係っていうか」

「や、これは……先生や眞田さんの受け売りですし……そもそもこれ自体、すでに問診でもないような気がしてならないんですけど」

「でも正直、森課長には聞かれたら答えますけど――ケフッ――松久さんには、何かあったらお話を聞いてもらいたいと思いますもん」

褒められ慣れていない人間は、褒められても恥ずかしくてトイレに行きたくなって困るあたり、やはり生き物として「弱《じゃく》」だと言わざるを得ないだろう。

ただ当たり前だけど、とても気持ちがいい。

これは【感情】に対して良い方向に作用するものだから、きっと心のアッセンブリも良い方向に回るはずだ。

「あ……まぁ、どうも……」

その昔は「褒められて伸びるタイプ」と言えば「甘えている」とか「ゆとり」とかネガティヴな言葉を返されたものだけど、あれがいかに根拠のないものだったかよく分かる。

褒められて【良い感情】が作用すれば、もっとがんばろうとする【良い考え】や、もっと褒められるための【良い行動】が生まれる。つまり「褒められて伸びるタイプ」こそ、認知行動療法という科学的根拠《エビデンス》に基づいていたのだ。

「そういえばクリニック課が主催する『考え上手講座』って、明日でしたよね？」

「はい。お昼時間に合わせて」

特別診療枠で患者さんを何人か診てきた今、先生の提案で「予期不安と心身症状の関連や、簡単な認知行動療法についてのザックリとした講演」を開催することになった。

これには三ツ葉社長も、ふたつ返事で許可してくれた。

もしかして特別枠の診療予約が確実に増えている気がしてならないのは、これを告知したからではないだろうか。

「わたしも田端さんと――コフッ――聞きに行こうって話してたんですけど、松久さんも講演されるんですか？」

「とんでもないですて！」

語尾がおかしくなってしまった。

お手伝いをしなければならないので、明日は集まった皆さんの前に出なければならない。それを考えただけで、昨日あたりからトイレに行く回数も確実に増えているのだ。

「来られるんなら、ＰＤＦ版の講演要旨《レジュメ》がありますけど……見ます？」

「え、いいんですか？」

「大丈夫ですよ。希望者がいれば配布していいって、先生には許可をもらってますから」

「じゃあ、社内ファイル管理アプリに共有お願いできますか？」

「……ちょっと、待って……えーっと、くださいね……これでいいかな」

スマホからの書類共有操作はどうにも苦手だけど、だからといって社用のスマホを「らくちんスマホ」に替えてくれとは言えない。

「へー。考え上手になる講座　～不安を……」

講演タイトルを読んでいた矢ヶ部さんの表情が、明らかにどう反応していいか分からず動揺していた。そしてそれ以上は声に出すのをためらう気持ちも、痛いほど分かる。

「あ、あのですね！　誰にでも簡単にできる『抗不安動作』の実演もありますから！」

「そうみたいですね——ケフッ——楽しみにしてます」

にこっと笑って、スマホを閉じてくれた矢ヶ部さんは、やはり大人の女性だと思った。

先生もそういうところは見習って、是非ともオトナになって欲しい。

改めて講演のタイトルを見直して、切実にそう思った。

▽　▽　▽

めったに使う機会のない、五階の大会議室。

いつもは長テーブルをつき合わせて両側にイスが六脚ずつ並べられ、お誕生席側の壁には大きめのモニターが掛かっている。でも今日は長テーブルを取っ払い、こちらのモニターに向かってイスを一定間隔でずらりと並べ直した。

お昼ご飯の時間なのに聴講に来た人は、約二十人。途中でエクササイズが入る予定なのでイスの間隔はだいぶ空けているとはいえ、大会議室はかなりの人で埋まっている。おまけに社内へ動画配信もするというので、三脚に固定されたカメラが二台向けられている。演者側から見るこの光景は、本当に膀胱に良くない。二時間ほど前から水分を摂っておらず、開始直前にもトイレに行ったのに、すでにチリチリと膀胱が刺激されて困る。

「本日はお忙しい中をお集まりいただき、ありがとうございます――」

モニターを背にマイクを持って立つ先生は緊張した素振りもなく、いつもと何も変わらない。大学病院勤務の時代には医学部の学生さんにはもちろん、関連の看護学校やリハビリ専門学校でもいくつか講義を受け持っていたというだけあり、これぐらいは何でもないことなのだろう。

こちらは壁を背にした長テーブルに、眞田さんと並んで座らされている。ノートPCの資料をタイミング良くモニターに出す担当は、眞田さん。任されたのはタイムキーパーと、エクササイズの実践になった時のモデルだけなのに、体を走り続けるこの緊張感は何だ。

「――それでは定刻になりましたので、講演を始めさせていただきたいと思います」

室内の照明を落とすと間違いなく眠くなるので、絶対に落とさない方がいいらしい。

やがてタイトルをモニターに映して講演が始まると、隣の眞田さんが小声でつぶやいた。

「奏己さん。また自分の意見を、ちゃんと言いませんでしたね？」

「……何が、です？」

「この講演のタイトルですよ。絶対リュウさんに、意見を聞かれましたよね？」

さすが眞田さん、まるで見ていたかのように当ててしまった。

「でも『考え上手になる講座』って、すごくいいタイトルだな……って、思いますけど」

会場がざわついているのは、まだ講演が始まったばかりだからに違いない。決して大きく映し出された講演タイトルを見て、どよめいているのではない——と信じたい。

【考え上手になる講座　〜不安をジョーズに飼い慣らそう〜】

眞田さんが大きなため息をついた。

「ヤバいですって、あの痛くて寒いサブタイトルは。ハッキリ言わないと、リュウさんには通じないんスから」

「や、あれは……アレですよ」

会場では先生が心のアッセンブリの三要素【認知＝考え方】【行動】【感情】について解説を始めたので、眞田さんはすぐにタイトルを消してしまった。

正直、あれを提案された時はどうかと思った。

でも「上手だけにジョーズでどうだろうか」とめちゃくちゃ嬉しそうな表情で自信満々に先生から見つめられて、拒絶できる人なんて眞田さん以外にいるだろうか。

ただ「ジョーズってサメですから不安なものですしね」と、褒めたことは黙っておこう。

【心のアッセンブリと思考の負の罠】

「――つまりこの三要素すべてが負に傾き、心のアッセンブリが【負の思考】【負の行動】【負の感情】をぐるぐる繰り返し続ける状態を、『負の罠』に陥っていると表現します」

気づけば「心のアッセンブリと思考の負の罠」は終わりそうで、次の「予期不安とは」に入ろうとしている。先生の予定したタイム・スケジュールとはズレがほとんどないので、タイムキーパーからのお知らせは不要のようだ。


【予期不安とは】


「本来、人間にとって不安とは、心を護るために誰もが持つ安全装置《セーフガード》です。不安を抱くのは、決して心が弱いからではないのですが――」

ここから見た感じ、飽きて居眠りしている人は一人もいない。それどころか年齢性別を問わず、部署や役職を問わず、メモを取りながら聞いている人がわりと目立つ。

それだけ興味があるものの、今まで誰も満足に説明してくれる人はいなかったのだろう。

「――不安やストレスを感じている時、人間の体は自律神経のひとつである『交感神経』が興奮します。これにより緊張型頭痛、過呼吸、咳き込み、不整脈、腹痛、下痢、嘔吐、頻尿、じんま疹など、お手元の資料に挙げた症状が誘発されても不思議はありません」

もちろんこういう「心身症状」の経験がない人には、伝わりにくい話だと思う。

でも後ろの方で聞いている生田さんは大きくうなずいているし、この話を聞いてから表情が消え、食い入るように資料を見始めた人も何人かいる。

きっと、何か思い当たる症状があったのではないだろうか。

「これら不安＝ストレス＝緊張＝交感神経刺激に抗《あらが》う薬剤として、皆さんも一度はお聞きになったことがあるかもしれませんが、『抗不安薬』というものがあります。つまり交感神経刺激＝不安を遮断しようとしたり、逆にリラックス作用のある副交感神経を刺激することで、読んで字の如く不安に抗うことが目的の薬剤――」

ここで急に、先生は声のトーンを強くした。

「――ですが、みなさん！　こうは考えられないでしょうか！」

その強い声に惹きつけられ、大会議室に集まった聴衆の視線がすべて先生に向けられた。

そう。今日のテーマは、むしろここからだと言ってもいい。

「不安に抗う作用、言い換えればリラックス作用のある副交感神経が優位になるのであれば、別に薬剤にこだわらなくても良いのではないですか？」

しんと静まりかえった場内は、みんなが各々《おのおの》、その意味を考えているようだった。

「そこで私は本日、これからみなさんに副交感神経を優位にする動作――言うなれば『抗不安動作』をご紹介したいと思います」

その聞き慣れない言葉に、場内が軽くざわめいた。

ちなみに隣の眞田さんは、またヤレヤレと髪をかき上げながら小声で呆れている。

「……なんだよ、抗不安動作ってネーミング。動作不良みたいな響きになってんじゃん。リラックス動作とか、リラックス・エクササイズじゃダメだったわけ？」

「あ、あの……眞田さん。私、ちょっと行ってきますね」

「ゆっくりしてきていいっスよ。オレ、ひとりでもできますし」

「……え？」

「あれ？　トイレじゃないんスか？」

「じゃなくて、あれですよ。あの、前でやって見せる的な係を……」

「あー、はいはい。そっちでしたか。すいません、よろしくでーす」

眞田さんにとって、講演のお手伝いなんて雑務のひとつにすぎないのだろうか。緊張感のカケラもなく、ぼーっと話を聞きながらタイミングよく画面を切り替えている。

ちなみにここからはイスを持って先生の近くへ行き、「抗不安動作」の模範を示すモデルを任されていた。こんなことなら意地を張らず、素直に先生の言うとおり抗不安薬であるロフラゼプ酸エチルをもらって飲んでおけばよかったと、今さら後悔している。

ただこれから抗不安薬の代用になるものの模範を示そうというのに、ちゃっかり自分だけ抗不安薬を飲んでいるというのもアレだと思い、お断りしたのだった。

【抗不安動作】
1　呼吸系の抗不安動作【4-5-6呼吸法】

「それではまず、呼吸系の抗不安動作【4-5-6呼吸法】をご紹介いたします」

ささっと素早く先生の前に移動したつもりだったけど、結局イスに足を引っかけて危うくみなさんの熱い視線の中、頭から転ぶところだった。

「うへぁ――ッ！」

「マツさん、大丈夫？」

「――は、はい！　大丈夫です！」

今こそ、セルフ認知行動療法の出番だ。

生暖かい笑いで、場の雰囲気を和ませた――と【良い方向に考える】ことにしよう。

「呼吸は息を吸って吐くという動作しかありませんが、このうち息を吸う時は交感神経優位となり、吐く時は副交感神経優位になると考えてもらってかまいません。つまりゆっくり呼吸するだけで、不安という緊張=交感神経刺激に対して抗うことができるのです。昔から言われている『深呼吸しろ』というのも、これにあたります」

そういえば昔、呼吸するだけでレベルアップする主人公が出てくるマンガを読んだ気がする――なんて考えてしまうあたり、脳が現実から逃げたがっている危険なサインだ。

「そこで4秒数えながら、ゆっくり楽に息を吸ってもらい――」

分かりやすく横を向いてイスに座り、胸を張って大きな動作でゆっくり息を吸う。

でも決して肩を上げたりせず、体に力が入っていないように見せなければならない。

「5秒ほど息を止めて――」

緊張のせいで、危うく途中で「ぶはっ」と吐き出してしまうところだった。

「今度は6秒ほど数えながら、ゆっくり息を吐いてください。1、2、3、4――ゆっくり、ゆっくりとです……」

一見するとただの深呼吸だけど、途中で5秒ほど息を止めている分、そのあとゆっくり6秒かけて息を吐く時には、なんとなく肩からお腹に向かって力が抜けていく気がする。

つまりこの6秒間だけは、リラックスする副交感神経が優位になっているのだ。

「人間は緊張すると、無意識のうちに呼吸がいつもより速くなっていることがあります。それが過度になれば、過呼吸という症状になってしまうこともあります。似たような呼吸法に【4‐7‐8呼吸法】などがあるようですが、ここでは臨床心理士ポール・スタラードによるワークブックに準じて、あえて【4‐5‐6呼吸法】とさせていただきましたが……まぁ正直、どちらでもいいです。ともかくゆっ、く、り、息を吐いている時は、副交感神経が優位になるのだという原理を覚えておいてください。速いのはダメです」

ここで会場のみなさんにも、実際に【4‐5‐6呼吸法】をやってもらった。中には言われる前から目を閉じて実践している人もいるほど、みんな真剣だ。

「当然この呼吸法は『気休め程度』と考えてもらってかまいません。しかし『気休め』という文字をどう書くか、みなさん思い浮かべてみてください――」

口元に、不敵な笑みを浮かべた先生。

「――呼吸だけで少しでも気が休まるならば、それで十分だとは思いませんか？」

今、新たな「森ファン」をかなり獲得したに違いない。

でも案の定、眞田さんは軽く首を振りながらヤレヤレな顔をしていた。

【抗不安動作】

2　筋肉系の抗不安動作【漸《ぜん》進《しん》的《てき》筋《きん》弛《し》緩《かん》法《ほう》】

「それでは次に、筋肉系の抗不安動作の図をご覧ください。筋肉も基本的には呼吸と同じで、収縮させて弛緩させるという動作しかありません。すでにカンの良い方はお気づきかもしれませんが、筋肉を収縮させる＝ぎゅっと力を入れる時は交感神経優位になり、逆に弛緩させる＝力を抜く時は副交感神経が優位になると、考えてもらってかまいません」

今度はイスを会場の皆さんの方に向けて座り、大勢の方たちと真正面から向き合わなければならない。

これが、かなり膀胱にくる。

「より弛緩させる＝より副交感神経を優位にするため、弛める前にギュッと力を入れておくことがポイントです。つまり、息を吐く前に息を止めたのと同じだと思ってください」

でも大丈夫、ここで【考え方】を間違ってはいけない。

皆さんが興味を持って見ているのは「松久奏己」ではなく、漸進的筋弛緩法なのだ。たとえスッピンだろうと毛玉だらけの汚れたジャージ姿だろうと関係ない——と信じたい。

「ではまず、顔から練習してみましょう」

a　顔

「目と口をギュッと、5秒間つぶってください。それはもう、奥歯を噛みしめるほどに。息を止めてもいいですよ——」

きっとブサイクな顔になっているのだろうなと思いながら、よく考えたら皆さんも目を閉じているので見えていないはず。会場にいる全員がギューッと顔をしぼませている光景を見たくてたまらなかったけど、なんとかズルせず途中で目は開けなかった。

「——はい。では10秒ほどポカンと口を開けたまま、ゆっくり呼吸してください。これは仕事中でも寝る前でもできます。また表情筋の活性化にも役立ちますので、表情豊かで明るい印象を維持するためにも、ぜひお試しいただければと思います」

b　手と腕

「次は上肢です。両手を力一杯握りしめ、全力で力こぶを作るように腕を曲げ――」

これが、かなりプルプルして困るのだ。

「――そのまま脇を締めて、全身にエネルギーを5秒間チャージしてください。もちろん、息を止めてかまいません」

なんと言うか、必殺技を出すために何かを溜め込んでいる感じをイメージして欲しい。

「はい、ストンと力を抜いて息をゆっくり吐きながら10秒ほど腕をだらんとしましょう」

息をゆっくり吐き出す感覚と相まって、必殺技を出す前に「仕方ない、キサマは許してやろう」と心が広くなった気分になる――のは、たぶん個人差だと思う。

c　肩と首

これは両肩をグッと耳元まで上げて、首もすくめるように5秒間力を入れ、そして10秒間力を抜く。なんだったら「手と腕」をセットにして、真剣に必殺技を出す5秒前ぐらいの勢いで体をすくめてみるのもいいと思う。

d　おなか

これはおなかに5秒間力を入れて凹《へこ》ませたあと、ストンと力を抜くだけ。なので「顔」「手と腕」「肩と首」「おなか」までをすべて同時にやると、力が抜けていく感＝副交感神経の優位感がハンパなく、解放感がより強く感じられてオススメだ。

もちろん、時と場所を選ぶ姿勢なのは間違いないのだけど。

e　脚と足の指

イスに座って足の指をすべてグイッと反らせたら、そのまま今度は両脚全体に力を入れながらゆっくりと持ち上げ、ピーンと伸ばして5秒間。あとは同じようにストンと力を抜くのだけど、実は練習中に一回だけこむら返りを起こしてしまった。これは唯一やり過ぎないように注意が必要な、漸進的筋弛緩法かもしれない。

ちなみにオススメは、寝る前にフトンの中で横になってやること。脱力したあと、ふにゃっとした感覚でフトンにくるまっているのは最高の気分だった。

「マツさん。ご協力、どうもありがとう」
「はい！　失礼します！」

ちょっと拍手をもらったあたり恥ずかしくて仕方なかったけど、これで今日の大役は終わり。あとは眞田さんの隣で、タイムキーパーをするだけなので気が楽になった。

これも緊張からの解放効果で、より強く副交感神経が優位になっているのかもしれない。

「それでは次に、五感系の抗不安道具の説明に移りたいと思います――」


【抗不安道具】

五感系の抗不安道具【幸せの道具箱】

「何度も繰り返しお話ししている通り、基本的には交感神経の興奮を和らげることが、不安や緊張を和らげることに繋がります。ならば絶対に忘れてはならないのが、人間の五感である視覚、聴覚、嗅覚、味覚、触覚に対する、副交感神経刺激――五感がリラックスできる道具を用意しておくことです」

いよいよ講演も、残すところあとわずか。

抗不安薬は動作で代用された後、ついに道具へと辿り着いたのだ。

「実はこれが一番当たり前のことであり、皆さんも日頃から無意識にやっておられることなのですが、改めてその原理を理解していただきたいと思います――」

隣の眞田さんが、少し首をかしげていた。

「このタイトル、ちょっとリュウさんらしくないなぁ」

「あ……やっぱり、そう思います？」

「え？　これ、奏己さんのアイデアなんですか？」

「……はい。ど、どうでしょうか」

これは最初、先生の案だと【5つの抗不安道具】というタイトルだった。でも何となく味気ないと思い、厚かましくも【幸せの道具箱】はどうかと提案させてもらったら、すんなりOKをもらったものだ。

ならば講演のサブタイトルにも、意見を言うべきだったとは思う。でも済んでしまったことは仕方ないと、不安の「たられば思考」は【遮断する方向で考える】ことにした。

「いい感じっスよね。どうせリュウさん『五大抗不安道具』とかだったんだろうし」

ほぼ当てに来る眞田さんと先生の付き合いが、どれぐらい長いのか気になるところだ。

a　視覚

「——たとえば視覚としてリラックスできる道具に、本やマンガや映画などのエンタメ性のあるもの、あるいは絵画鑑賞などが挙げられるかもしれません。時には、ぼーっと空や街並みを、あるいは動物園の動物を眺めてもかまいませんし、鉢植えの植物でもかまいません。ともかく自分の心が穏やかになるようなもの、楽しくなるもの、無心になれるもの、幸せになるものを視覚入力として得られれば、抗不安道具としては有効と考えます」

前に「眼福《がんぷく》」という言葉が流行ったけど、すでにあの頃から知らず知らずのうちに、世の中は不安や緊張を和らげようとしていたのかもしれない。

b　聴覚

「これは言わずと知れた、好きな音楽やアーティストが、その最たる物です。しかしここでは逆に、嫌な聴覚を遮断することも有効だと覚えておいてください。電車の中でイヤホンからおかまいなしに音漏れしてくる誰かのお気に入り音楽を、耳栓やノイズキャンセリングなどで『消す』という選択肢もありなのです。これは聴覚過敏の子どもたちが使用している『イヤーマフ』をご存じであれば、原理はあれと同じだと思ってください」

電車でシャリシャリと音漏れしてくるアレには、ついイラッとしてしまうことも多い。だからといってこちらも負けじと大音量でお気に入りの音楽をイヤホンに流せば、ほかの誰かをイラつかせるかもしれない。

なるほど。それなら、こちらから聴覚入力を遮断してしまえばいいというワケだ。

「ただし。特に女性の場合、夜道のイヤホンはお勧めしません。犯罪者は相手がイヤホンをしているかどうかで、襲うかどうかを決めることがあるそうです」

ざわっと、会場がどよめく。

話の展開は急に別方向へ飛んでいったけど、むしろ先生らしいと思ってしまった。

c　嗅覚
これも想像は簡単。要はアロマのことだ。もちろん余裕があれば、花屋さんでお花を買って帰ることもアリだろう。ただ切り花は花瓶や水替えがあったり、萎《しお》れたり枯れたりした花を捨てるのにちょっとした抵抗や罪悪感があるので、個人的にはまずアロマ。心に余裕がある時に限り、花瓶に切り花なんかを気品高くキメたいと思っている。
ただ人によっては、ネコに顔を埋めてスーハーするのが好きな人もいるわけで、これと決めつける必要はないと思う。

d　味覚
好きな物を食べる時ほど、幸せなことはない。これには目で見て楽しむ「視覚」も、美味しそうな匂いの「嗅覚」も、焼き肉の焼ける音などの「聴覚」も含まれることがある。
ただ、あのカロリーという名の悪魔だけは何とかして欲しい。
これは、永遠に解決することのない葛藤。仕方ないので最後は「ご褒美」という切り札を出して、丸く収めて忘れるのがベストだと思っている。

e　触覚
ぬいぐるみやクッションの柔らかさ、犬や猫のモフモフ感、服の生地など、肌触りで安心する＝副交感神経優位になることは、今まで何度も経験している。

これこそタオル地のハンカチが「移行対象」――つまりそれがあれば安心できて、心が穏やかになって、ひとりで居られる物であり得る理由だ。

そういえば大学の友だちがよく「人肌が恋しい」と言うたびに彼氏が替わっていたのを急に思い出したのだけど、あれも不安を解消するための行動だったのだろうか。

「以上で、本日の講演は終了とさせていただきます。本日の講演内容は動画で社内配信されますし、ご要望があれば近々また開かせていただきたいと思います。ご静聴、ありがとうございました――」

先生がぺこりと小さくお辞儀すると、大きな拍手が会場を埋めた。

ザワザワと解散する人が大半だったけど、中にはペンを片手に先生を取り囲んで質問攻めにしている人もいる。

「眞田さん。やっぱり皆さん、今日のテーマには思うところが――」

隣を見ると、眞田さんはテーブルの上に自作のプレートを置いているところだった。


【睡眠応援☆相談コーナー】

「――眞田さん？」

「あ。奏己さんは、これで終わってもらってOKなんで」

そう言いながら、運び込んでいた品物を長テーブルに並べ始めた。

「……今から、なにするんです？」

激推しの「快適度表示付き」デジタル時計は知っていたけど、その隣には首のない小型扇風機みたいな物、見慣れない枕、そしてドラッグストアの棚に負けないほどの睡眠サポート系サプリメントが積んである。

「ちょうどいい機会なんで、睡眠応援グッズの販促でもしようかなって」

「扇風機をですか？」

「違いますよ。これ、サーキュレーターっていうんです。風を送るというより、お部屋の空気を回して、温度と湿度を攪拌《かくはん》するものですね」

「あ、季節関係なしですか」

「寝室の温度と湿度はなるべく均一にしないと、調整が難しいですから」

「確かにそういう機能って、最新のエアコンぐらいにしか付いてなさそうですよね」

「ですです。かといってサーキュレーターがうるさいと、その音で寝れなくなるじゃないですか。だからこの機種は、モーター音がめちゃくちゃ静かなんですよ」

「……やっぱり、試してみたんですか？」

「もちろん。人にすすめる物ですからね」

ついに激推し快眠家電は、ふたつになってしまったらしい。

「じゃあその枕は、低反発ってヤツですか？」

「いやいや、奏己さん。人の寝方は、人それぞれ。なんとこれは、高さが十カ所も調整できる枕なんですよ。中のポリエチレン・パイプ素材を枕の十カ所から出し入れしてオーダー感覚で自分好みに調整できる上に、部分高さ調整シートと全体高さ調整シートでの調整も可能。これで横向きで寝ることが多い人、仰向けで寝ることが多い人、どんな姿勢で寝ても、サイコーの枕ポジションに調整できるんです」

ホント、眞田さんの話を聞いていると欲しくなってくるから困ったものだ。

「最後はサプリ系みたいですけど……それ、ぜんぶ試したんですか？」

「もちろん。実感には個人差があるとはいえ、味や食感ぐらいは知っておかないと」

その鋼《はがね》の魂が揺らぐことはないらしい。

「よく話をしてた、えーっと……アミノ酸、でしたっけ？」

「グリシン、ですか」

「あれは、どうしたんです？」

眞田さんは箱ではなく、小冊子だけを取り出した。

「買ってみました。オレ的には、わりとオススメなんですけど……」

なぜか眞田さんは「【保存版】お飲みになる前にお読みください」をパラパラとめくりながら、複雑な顔でポツリとつぶやいた。

「……これ、特許を取ってたんスよ」

確か前に「ドラッグストアには置いてない」と言っていた気がする。

総務部にいた頃、ライトクが取得した特許商品に関する雑務を、なぜかお手伝いした時のことを思い出した。

「じゃあ、取り扱いは慎重にしないとダメですね」

「……ですね」

きっと、ショーマ・ベストセレクションの真ん中にでも置きたかったのだろう。

眞田さんが珍しく凹んだ弟のように見えてしまい、迂闊《うかつ》にも可愛いと思ってしまった。

「いいじゃないですか、眞田さん」

「え……？」

「他にもこれだけたくさんの睡眠サポート系サプリを、薬剤師さんが実際に飲んでみたうえで説明してくれるんですから。それだけで、十分だと思いますけど」

「まぁ、そうかもしれませんけど……」

「しかもサプリ一択じゃなく、枕から家電までトータルで説明が聞けるなんて、ドラッグストアじゃあり得ないことですしね」

すると消え入るような声で、眞田さんがため息と共につぶやいた。

「——姉さんみたい」

「えっ？　なんです？」

「なんでもないっス」

そこへようやく、取り囲んでいた人たちから解放された先生が戻ってきた。

「ありがとう。助かったよ、ショーマ、マツさ……ん？　どうした、ショーマ」

「別に。何でもないよね？　奏己さん」

「えっ⁉　や、別に……はい、特には」

「ショーマ」

「痛《いて》っ——ちょ、リュウさん！」

隣に並んだ先生が、また眞田さんに肩から体当たりを始めた。

「大人げないぞ」

「だから、どっちが大人げないんだって——」

間違いない。これは先生が最近覚えた、抗議の仕方なのだ。

「なぜいつも俺だけ共有できない」

「——危なっ！　ちょ、サーキュレーターとか落ちるし！」

「今日こそ、話に交ぜてもらおうか」

「だから――奏己さんからも、大人げないって言ってやってくださいよ！」

そんな姿のふたりを見ていると、思わず笑いが込み上げてくる。

実は最近、これが一番の視覚系「抗不安道具」だったりするから困ってしまうのだった。

▽　▽　▽

講演会を開催したあとはバタバタと忙しく、あっという間に時間がすぎてしまった。

忙しいと時間が経つのは早いし、暇だと遅い。

時間がいつでも均一に流れているとは、とても思えなかった。

「おつかれ様でした」

「マツさん、お疲れ」

やっぱり先生は残務処理の途中でも、必ず見送りに診察室から顔を出す。

「今日は聴衆の前で緊張させてしまって、大変申し訳なかった」

「や、とんでもないです。私もあらためて、勉強になりましたし」

「……マツさんには、いつでも喜んで個別に説明するが？」

そういうことを目を見つめたまま真顔で言うから、新規の森ファンが増えるのだ。

今日の午後は受付で、講演内容とはぜんぜん関係ない先生のプライベートなことを、やたらと質問されて困った。それも男女問わずから、というところが先生らしい。

「ま、まぁ……それはいいんですけど」

「え……？」

「あ、じゃなくて！　それっていうのは、そういう意味じゃなくて！」

「そ、そうか。では、あらためて個別に説明を聞きたい場合は――」

「喜んで！」

　これでは、どこぞの居酒屋チェーン店だ。

「では、お疲れ様。今日はとても助かった」

　このあと、先生は眞田さんと一緒に録画した講演の動画編集をするらしいので、厚かましくも定時で帰らせてもらえることになっていた。

「そうだ、先生。医療廃棄物の回収日なんですけど――」

「いつもより早く来てもらうよう連絡は済み、ということで」

「ですね。それから、ドワフレッサさんに――」

「点滴用生理食塩水《せいしょく》５００mL、50%ブドウ糖注射液20mL、メトクロプラミド注射液10mgの補充連絡は済み、ということで」

「……です。あと、今日の検査紹介状は」

「追記したらプリントアウトしておく、ということで」

「あ、じゃあ……」

すっかり、アルカイック・スマイルになってしまった先生。そんなに早く帰って欲しいのか——と思ってしまうあたりが、なんとも人として情けない。

こんな時、さらっと「楽しそうだから動画編集に交ぜて欲しい」と言える人が羨ましい。

「今日はマツさんにとって、かなり心理的負荷の強い日になってしまったと思う。だから是非、定時で帰って自宅でゆっくり休んで欲しい」

そう。定時退社を勧められて、素直に喜べない自分がどうかしているのだ。

「すいません、気を使っていただいて」

「講演には入れなかったが、40℃以下のおフロに肩までしっかりつかるのも有効だ」

「あれですか。副交感神経を優位にするという」

「そう。熱すぎる湯はその温度が刺激になって交感神経優位になってしまうのでダメだが、40℃以下だと皮膚への温度刺激も優しく、副交感神経優位になりやすい」

「そうなんですか」

「もちろん、ロフラゼプ酸エチルを処方する方が早いが？」

今日の講演を台無しにしてしまうことを言ってしまうのは、どうかと思う。

「や。せっかくなので、今日は抗不安動作とか抗不安道具とかを、試してみようかなと」

「さすが、マツさん。だが——しかし——だ——」

「ひ――ッ!?」

その剣道なみに素早く間合いを詰めてくるのは、本当にヤメた方がいいと思う。どうすれば診察ブースの前からここまで、そんなに器用な身のこなしができるのか分からない。

「――今日言ったように、夜道でヘッドホンは使用しないこと」

「あ、だ……大丈夫です……いつも、してませんので」

近い、近すぎる。目と鼻の先に来ないと言えないような内容ではないと思うのだけど。

「いいことだ。それから帰る道順は、できるだけ複数用意しておくことが望ましい」

「……はい？」

「いつも同じ道で似たような時間に帰っていると、不審者に目を付けられやすい。時には遠回りをしたり、信号を多く渡ってみたり、意味もなく複数のコンビニをランダムに巡回してみたり。そういう些細な変化だけでも有効だ」

意味もなくコンビニを巡回したら、絶対に意味もなくスイーツを買ってしまうと思う。

「そこまでしなくても、大丈夫――」

「――ではない。安全と飲み水がタダだった時代は終わったのだ」

なんだか荒廃した無法者たちの世界に、戻らなければならないような気がしてきた。

「わ……かりました」

「それから、エレベーターには必ずひとりで乗るように。背後に男が待っていたら、住民であろうとなかろうと『お先にどうぞ』と言って郵便受けにでも戻ればいい」

「は、はい」

さすがにそこまで防犯を意識したことはなかったけど、確かに誰かと——特に男性と一緒にエレベーターに乗るのは、会社でもあまり良い気持ちにはならないものだ。

「たしか、窓は遮光カーテンだったな」

「です」

「夜は決してカーテンを開けないように」

これはもしかして、心配してくれているのだろうか——と勘違いしてしまうあたり、新規の森ファンがあんなに増えてしまう理由も納得できる。

「あ、ありがとうございます……気をつけます」

過剰な自意識は自分に向けられた危険な銃口で、人生を滅ぼす可能性がある。これは取り扱いに注意するぐらいなら、破棄してしまった方がいいと思っている。

「失礼。遅くなっては、定時退社が台無しだ。それでは気をつけて」

「……はい。それでは、お先に失礼します」

ドアを開けても、そこに眞田さんが駆け込んでくる姿はなかった。

このまま先生とダラダラ話しているうちに眞田さんが戻ってきて、三人でまたダラダラ話しながら、その勢いで動画編集も覗かせてもらう——そんなことに期待していた自分に気づいて、慌てて我に返った。

——明日と他人に、何かを期待しているわけではない。

それが普通にできていたはずなのに、今ではいつの間にか、先生や眞田さんに何かを期待している自分がいた。

いや。もしかするとあれは割り切れていたわけではなく、ただ単に何かを期待する相手がいなかっただけなのかもしれない。

「あぶ——ッ⁉」

そんなことを考えていると、危うく会社の階段で最上段から転げ落ちるところだった。

ワーキングメモリがひとつ埋まるだけで、日常のありきたりな動作すら怪しくなるとは、恐るべしワーキングメモリの逼迫。こんな調子で無事に駅まで辿り着けるだろうか。

でも、考え出すと止まらないのが【負の罠】というもの。

すでに【行動】に対して、影響が出始めていたことに気づいた。

「あ、靴……社内用パンプスのままだ」

別にスリッパではないワケで、普通にこれで通勤している人もたくさんいる。すでに玄関が見えているのに、わざわざ三階のクリニック課まで戻るのは——アリかもしれない。

だって今なら、眞田さんが戻ってきているかもしれない。

そう。これはクリニック課に戻っても仕方のない、アクシデントなのだ。

「うん……徒歩二十分だから、履き替えないとね」

そんな鉄壁の言い訳を考えながら階段を上り、これも軽いエクササイズだと【良い方向に考え】ながら、さっき出たばかりのクリニック課へと急いで戻った。

「……ん？　どうした、マツさん」

「えっと……」

眞田さんは、まだ薬局窓口から戻っていなかった。

なぜ、急いで戻ってしまったのだろうか——。

眞田さんが戻っていれば動画編集に交ざれる、という前提の行動なのだから、急いでどうするという話になる。なんだったら戻る前にトイレにでも行っておけば、もっと時間を稼げたはずだ。どうにも要領が悪いというか戦略性に欠けるというか、たった一手先を読んで行動することができない自分の稚拙さには、いつもながら呆れてしまう。

「……靴、履き替えるのを忘れてしまって」

「そうか、そんなにワーキングメモリを圧迫していたとは……申し訳ない」

挙げ句、先生にそんな顔までさせてしまって。

「いえいえ！　あの、そういうんじゃないですから！」

「ぜひ今日は、ゆっくり休んで欲しい」

しかもこれでは、眞田さんが戻ってきても帰らざるを得ない空気になってしまった。そしてどれだけゆっくり社内用パンプスを履き替えても、眞田さんは戻ってこない。つまり最初からどう足掻《あが》いても、こうなる運命だったのだと諦めるしかない。

「それじゃあ……」

「では今度こそ、お疲れ様」

だいたいこんな風に、物事は思うようにならないものだということを改めて思い出しながら、ふり返らず会社の玄関を出た。

いや、ここは「足が痛くなるのを回避できた」と【良い方向に考える】べきだろう。

「……そのうち、これぐらいのことは、サラッと言えるようになれるのかな」

でも頭の中で、未練という名の積み木がタラタラと積み上がっていくのがイヤすぎる。

何となく「未練タラタラ」の使い方を間違っている気がするけど、ともかく心の何かを護るために、今日はこのまま転ばないように気をつけながら帰るのがベストだろう。

でなければ、みんなに交ざって遊びたかった高校の頃を思い出して辛い。

「あー、そうか来週で……」

埋まってしまったワーキングメモリを空けなければマズいと思えば思うほど、迂闊にもまたひとつ埋めてしまうものを思い出してしまった。

「……七木田さんのバイト、終わるんだ」

当たり前だけど、内装工事が終わればウチでのバイトも終わり。

来週から特別診療枠に新患さんの予約が入ったら、どう考えても松久奏己を二分割しなければならないレベルで人が足りないのだけど——。

「——こんな人間が、ふたり居てもなぁ」

そう思うと同時に、もう七木田さんと比較されなくて済むと安心している心の狭い自分が、チラチラと陰からこちらを見ている気がして、それはそれでモヤモヤしてしまう。

これこそが【負の思考】だと分かっていながら、本当に【負の罠】は止まらないものだと、妙なところで実感してしまった。

「ポジティヴ・シンキングの人って、すごいな——」

その瞬間、脳裏で先生がつぶやいた。


——他人からそう見えているだけで、実際は違います。


そうだった。ポジティヴ・シンキングに見える人でも心は【負の罠】に陥るのだけど、それにいち早く気づいて不安を飼い慣らしているだけなのだった。

それを眞田さんは「隣の芝生は青く見える」とも言っていた。

そんなことをグルグル考えていると、脳の回路が焼き付いてしまった。

「え……私、どうすればいいわけ？」

思わず声に出してしまい、ハッとあたりを見回した。

幸い前を歩いているスーツ姿の男性は、スマホに夢中で他人のひとりごとなんて聞こえていない。そもそもヘッドホンをしているのだけど、防犯面では大丈夫だろうか。

いや、今はそれどころではない。

こんな露骨に【負の罠】にハマっている時こそ、いろいろ考えてしまって【予期不安】に襲われている時こそ、それに気づいて不安を飼い慣らさなければならない時なのだ。

「うーん……」

ある意味この【負の罠】を避けるために、インパラ・センサーは発達したのだろう。

出ない杭は打たれない——打たれなければ【嫌な考え】も【嫌な感情】も回避できる。

どこで聞いたか忘れた「沈黙の安泰」というお気に入りの言葉も、黙っていれば【余計な行動】を回避して失敗を減らすことができることを意味している。見てしまうから、聞いてしまうから、好きでもないグループに交ざらなければならず、笑顔の水面下で蠢《うごめ》くマウント合戦の泥仕合に巻き込まれてしまうのだ。

だから、草食動物は生き残るために逃げるのだ。

そして先生は、こうも言った。

――人間は何を絶対に護らなければならないか、本能的に知っているのです。

護らなければならないもの、それは自分の心。

極めつきに、三ツ葉社長の言葉が背中を押してくれた。

――それでも自分を変える努力って、しなきゃダメかな。

つまり今までの七年間は決して間違いではなかったと、全方位から証明されたのだ。

「……え。思考が一周して、元に戻っちゃったんだけど」

変わる必要なんてない。

ただ自分の心を護るための新しい知識と技術だけ、アップデートしていけばいいのだ。

そんなことに気づくと、モヤモヤしていた定時の帰り道も足取りが軽くなった。

「あ、そうだ」

ならばせっかくなので、今日の講演で習ったばかりの【幸せの道具箱】に入れておく物

――つまり五感系の【抗不安道具】でも、買って帰るのはどうだろうか。

まずは「視覚」として、先生は本やマンガなんかもいいと言っていた気がする。

駅の南口に書店があるので、通勤七年目にして初めて寄ってみることにした。

「本やマンガ、かぁ……」

正直、ストーリーの当たり外れが怖い。ここはやはり、紅茶でも飲みながら無難に雑誌を眺めるのはどうだろうか。

そして雑誌コーナーの前に立ってみると、ある衝撃の事実に気づいた。

ずっと読んでいた雑誌が、いつの間にか自分の世代ではなくなっているような気がしてならなかったのだ。

「え……？」

代わりの雑誌を探してみたけど、そもそもファッションに疎《うと》いうえ、二十九歳はどの雑誌に属せばいいのか分からない。いくら表紙で「30代から輝く～」と煽《あお》られても、そもそも輝きたいと思ったことがないのでピンとこない。

かといって「いま役立つスキル～」は先生や眞田さんから教えてもらっている「護心術」で十分だと思うし、「華やかに～」「さすがと言わせる～」と大きな文字が目に飛び込んできても、それを脳が処理しようとしなかった。

それはそうだろう。出ない杭は打たれないをモットーに生きてきたのだから。

「うーん、どうしようかな……」

最近では「婚活」という露骨なアオリ表現こそなくなったらしいけど、結局「めぐりのいい女〜」なんて書かれていると、同じ意味にしか思えなかった。

「……世の中、物は言いようだなぁ」

なんということだろう。パラパラめくってみたい雑誌が見つからなかったのだ。

しかしよく考えてみれば、ずいぶん昔に行くつもりもないのに買った「ヨーロッパのキッチン」や「イタリアおしゃれガールズスタイル」といった写真エッセイ本が、家にはあることを思い出した。あれを引っ張り出して眺め、部屋でゴロゴロしながらそこでの生活を想像して楽しむだけで十分な気がする。

そういえば東京でひとり暮らしをする人たちが、その日のレシートを貼って簡単な日記を書いただけの「トーキョー・リアル・レシート」という本もお気に入りだった。あれをまた読み返して、その人たちの日常生活を想像するのも楽しいだろう。

想像は永遠に自由で、対価を求められることが決してない。

人として、想像力豊かに生きていくことが大事なのだ。

それに最近では、動物園が流してくれる子ゾウやゴリラの様子や、サファリランドのお姉さんが動物紹介をしてくれるユーチューブを観るのも楽しい。

「わざわざ雑誌を探さなくても、視覚はそれでいいか」

結局、手ぶらで本屋さんを出てしまった。

あとはお気に入りの音楽もあるので「聴覚」も準備ヨシ。

前に口臭予防プロジェクトの時、営業企画部の嶋原《しまばら》さんのことで自分も意識して買ってしまったフレグランスがまだ残っているので、「嗅覚」に関してもあれで十分な気がする。それにアロマを買いに行くなら帰宅のついでではなく、ちゃんとしたショップへ行って選んでもらわないと、部屋中がとんでもないことになるのはすでに経験済みの失敗だ。

そして「触覚」に関しては、すでに移行対象として理解済みのタオル地のハンカチがあるし、実は奮発してバスタオルと一緒に「今治謹製」に買い換える予定でいる。

つまり残すところ「味覚」だけになってしまったのだ。

「じゃあ——」

これはもう、どの角度から判断しても、コンビニでコラボスイーツとハーゲンダッツを買って帰るしかない。

「——今、なんか限定商品あったかな」

そう考えるだけで、いつもの帰り道も楽しくなってしまった。

もちろん、自分が単純なだけなのかもしれない。

でも物事を真剣に考える人であればあるほど、深く考える人であればあるほど、真面目に考える人であればあるほど、これだけは忘れないで欲しいと思う。

考え上手になること——。

それは生きていく上で、最も大切なことのひとつ。
心を護る術のひとつなのだ。

この作品はフィクションであり、実在する人物、団体等には一切関係ありません。また、作中に登場する傷病等への対処方法や薬剤処方の内容は、架空の登場人物に対するものであり、実在する同じ症状や疾病の全てに当てはまるものではありません。

光文社文庫

文庫書下ろし
はい、総務部《そうむぶ》クリニック課《か》です。 私《わたし》は私《わたし》でいいですか？
著　者　藤《ふじ》　山《やま》　素《もと》　心《み》

2023年3月20日　初版1刷発行
2024年12月15日　4刷発行

発行者　三　宅　貴　久
印　刷　堀　内　印　刷
製　本　ナショナル製本

発行所　株式会社　光　文　社
〒112-8011　東京都文京区音羽1-16-6
電話（03）5395-8149　編　集　部
8116　書籍販売部
8125　制　作　部

落丁本・乱丁本は制作部にご連絡くだされば、お取替えいたします。
ISBN978-4-334-79509-2　Printed in Japan

組版　萩原印刷